नव-पल्लव

(संकलित काव्य संग्रह)

संपादक

विजय वत्स

अविनाश सिंह

संपादन सहयोगी

श्रेय गौड़, शाश्वत चन्द कौशिक

सन्मति पब्लिशर्स एण्ड डिस्ट्रीब्यूटर्स

ISBN: 978-93-88365-62-8

प्रकाशक

सन्मति पब्लिशर्स एण्ड डिस्ट्रीब्यूटर्स

बी–347, संजय विहार,

मेरठ रोड, हापुड़–245101 (उ0प्र0)

website : www.sanmatiindia.com

email: sanmati555@gmail.com

मो. 8439645104, 7302710291

प्रथम संस्करणः 2019

आवरण

RETROTEK

सरस्वती वन्दना

माँ शारदे, माँ शारदे, हमको तू ये वरदान दे
अज्ञान मन से दूर कर, विद्या का अनुपम दान दे।
माँ शारदे............
हम ज्ञान पाकर दूसरों को ज्ञान देते जायें माँ
जीवन पथ से ना डिगें, शिखरों पे चढ़ते जायें माँ
सबके हितैषी बन सकें, माँ ऐसा कुछ वरदान दे।
माँ शारदे............
सुख में कभी इतरायें ना, दुःख में कभी भटके नहीं
झूठों से मुँह मोड़े सदा, सच बोलते अटकें नहीं
इस विश्व का कल्याण हो, ऐसा सफल अभियान दे
माँ शारदे............
नित ध्यान तेरा ही धरें, तुझसे कभी न हम दूर हों,
दुखियों का संबल हम बनें, मद में कभी न चूर हों
वीणा पाणि माँ हमें, तू ऐसी मधुरिम तान दे।
माँ शारदे............

विजय वत्स

सम्पादकीय

मित्रों, आज ई-बुक, वेब साईट इत्यादि इन्टरनेट की अनेक विधाओं के द्वारा नित नयें कवि, शायर, साहित्यकार, गीतकार लोगों की नजरों के सामने हैं, फिर भी जो बात प्रकाशित होने वाली पुस्तकों में है वो बात इन तमाम विधाओं में कहाँ। इसी बात को ध्यान में रखते हुए नव सृजन-एक सुन्दर प्रयास संस्था के अंतर्गत 'नव पल्लव' साझा काव्य संकलन निकालने का विचार मन में आया।

नव पल्लवों को 'नव पल्लव' से जोड़ना बेहद दुष्कर कार्य था। इस दुष्कर कार्य को प्रिय अविनाश सिंह ने सहज रूप से संभव कर दिखाया। यह अविनाश सिंह जी के सतत प्रयास का ही फल है जो आज 'नव पल्लव' आपके हाथों में है।

इस संकलन के प्रकाशन में महत्वपूर्ण सहयोग का श्रेय मैं श्रेय गौड़ को भी देना चाहूँगा। इस संकलन में अनेक भाषा क्षेत्र, अनेक विधा अनेक रस, के रचनाकारों की रचनाएं शामिल हैं।

अंत में मैं 'नव पल्लव' के सभी रचनाकारों, संपादन, सहयोगियों व परामर्शदाताओं का हृदयतल से आभारी हूँ, जिनके सहयोग से यह काव्य संकलन निकालना संभव हुआ।

आपकी प्रतिक्रिया की प्रतीक्षा अवश्य रहेगी।

संपादक

विजय वत्स

सम्पादकीय

मैं नव पल्लव के समस्त रचनाकारों को बधाई देता हूँ कि उन्होनें कविता लेखन को साहित्य साधना के रूप में चुना। सब रचनाकारों का लेखन ऐसे ही निरंतर चलता रहे ऐसी कामना करता हूँ। नव पल्लव के साझा संकलन में ऐसे ही सौभाग्यशाली नवीन व वरिष्ठ रचनाकारों की रचना रूपी अमृत आपको मिलेगा।

इस संकलन का मुख्य उद्देश्य यह है कि जो महिला व युवा वर्ग लेखन में रुचि रखतें है उन्हें मंच प्रदान करना, उनकी प्रतिभा को निखारना; इसी उद्देश्य की पूर्ति करता है साझा काव्य संकलन 'नव पल्लव'। यह संस्था का पहला प्रयास, मैं मानता हूँ निसंदेह इस पहले प्रयास में त्रुटियाँ अवश्य रही होंगी कृपया आप उनका मार्गदर्शन करें।

मैं अविनाश सिंह सर्वप्रथम अपने गुरु विजय वत्स जी को शुक्रिया देता हूँ जिन्होंने मुझे साहित्य के क्षेत्र में आगे बढ़ाया। सर के सहयोग बिना मैं "नव-पल्लव" काव्य संकलन की कल्पना भी नही कर सकता था। टीम के सदस्य शाश्वत चन्द कौशिक, सह-संपादक श्रेय गौड़ और सन्मति पब्लिशर्स से निशांत जैन जी का भी मैं, तहे दिल से शुक्रिया अदा करता हूँ, जिन्होनें हर एक संभव प्रयास कर इस संकलन को मूर्तरूप दिया है।

संपादक

अविनाश सिंह

अनुक्रमणिका

डी पी सिंह

जन्मतिथि : 14 जुलाई 1963

शिक्षा : डिप्लोमा (इलेक्ट्रॉनिक्स)

सम्प्रति : वर्तमान में एडमिन मैनेजर के पद पर कार्यरत

साहित्यिक उपलब्धियाँ : हिंदी साहित्य अकादमी तथा साहित्य प्रेमी मंडल के सदस्य, अनेक मंचों पर काव्य पाठ । इनकी रचनायें सामयिक ज्वलंत विषयों पर प्रहार करती हैं।

पता : साहिबाबाद, गाज़ियाबाद उत्तर प्रदेश

ईमेल : dprasad.singh@gmail.com

परिचय

राहों का है ख़याल मुझे,
मंजिल का हिसाब नहीं रखता
अल्फ़ाज़ दिल से निकलते हैं मेरे,
कोई किताब नहीं रखता ...

जब चाहे पढ़ लेना
दिल की हर बात माथे पर,
दिल-ओ-दिमाग़ के बीच
कोई हिज़ाब नहीं रखता..

नवाज़ते हैं चाहने वाले,
मुझे अपनी दुआओं में,
कोई खूंटी पर टँगा हुआ
ख़िताब नहीं रखता..

गिद्ध

चोला बदले आत्मा, यह होता है सिद्ध।
दुनिया से जब से मुए, हुए लापता गिद्ध।

हुए लापता गिद्ध, आत्मा रही भटकती।
प्रविसि नगर नर नेत्र, नार पर रही अटकती।

मानव रूपी गिद्ध, सदा ही तन पर डोला।
उस को नारी देह, दिखे हर दम बिन चोला।

मन विकृत दूषित भया, प्रवृति नीच ह्वै जाय।
वात्सल्य उमड़े जहाँ, जाग वासना जाय।

लड़के करते ग़लतियाँ, समाजवाद कहाय।
बच्ची पूछे आपसे, किस समाज में जाय?

माननीय तो बन गए, किन्तु न बदले ढंग।
महिला के तकते फिरें, अधोवस्त्र के रंग।

जिम्मेदारी छोड़ के, भाग रहा है आज।
चाहे वो परिवार हो, या फिर होय समाज।

अंतिम प्रयाण

पुष्पों से भर कर अंजलि
प्रज्वलित किये घृत दीप अवलि
स्वागत करते हैं मृत्यु तेरा
कब होगी अपनी चला चली

मन भयभीत नहीं तुझसे, फिर
मृत्युंजय का पाठ भला क्यों
शुतुर्मुर्ग की भाँति भ्रमित क्यों
अटल सत्य जब चला चली

कर्मों का सेहरा बँधे भाल
और यादों की बारात लिये
हाथों में खुद और खाक लिये
जब होगी अपनी चला चली

हिय में हर्ष विषाद लिये,
औ पिया मिलन की आस लिये
शुष्क लबों पर प्यास लिये
जब होगी अपनी चला चली

कुछ नेत्र अश्रु पूरित होंगे
होगी कुछ होठों पर गाली
कुछ चेहरे होंगे उदासीन
कुछ लोग कहेंगे बला टली

होंगे कुछ व्यथित द्रवित हिय भी
कुछ सिर्फ द्रव्य की सोचेंगे
ऐसा ही कुछ मंज़र होगा
जब होगी अपनी चला चली

बस ईश्वर से इतनी सी प्रार्थना है-
दुनियादारी का जिक्र न हो
कैसे, कब, क्या हो फिक्र न हो
उद्वेगहीन हो चित्त, शान्त
ऐसे हो अपनी चला चली
ऐसे हो अपनी चला चली।

कहकशां

पति : मुहम्मद दानिश

जन्मतिथि :०3-अप्रैल-1979

शिक्षा : स्नातकोत्तर कला शिक्षिका

सम्प्रति : केन्द्रीय विद्यालय संगठन में कला शिक्षिका के पद पर कार्यरत

साहित्यिक एवं अन्य अभिरुचि : लेखनी की हर विधा में परिपूर्ण, बचपन से लिखने का शौक़। वर्तमान में 40 दोहे, 20 ग़ज़लें, 30 कुंडलियां इत्यादि का लेखन कार्य किया है, रेडियो पर कविता पाठ एवं पत्र-पत्रिकाओं में निरंतर प्रकाशित रचनायें। राष्ट्रीय स्तर पर इनकी कला कृति दिल्ली शास्त्रीय भवन में प्रदर्शित हैं, बेहतरीन शिक्षा पद्धति हेतु 'इन्सेन्टिव अवार्ड' से पुरस्कृत, अनेक सामाजिक कार्यों को यह सम्पादित करती हैं।

कार्य : फ्रीलांस आर्टिस्ट मास्टर ऑफ फाइन आर्ट्स

पता : देहरादून

मेरी प्यारी अम्मी

याद बहुत आती हो तुम
मेरे ज़हन पर, मेरे दिल पर,
कैसे छा जाती हो तुम।
अम्मी याद बहुत आती हो तुम।

छिपा हुआ क्या किससे दिल में,
ख़ुदग़र्ज़ी है, हर महफिल में।
प्यार से दिल का ख़ाली कोना,
कैसे भर जाती हो तुम।
अम्मी याद....................

कितनी दूर है तेरा ठिकाना,
मुश्किल है तुमसे मिल पाना।
फ़िर यादों के कौन से दर से,
मुझसे मिल जाती हो तुम।
अम्मी याद.................

दुनिया के कामों में उलझे,
मसले कितने हैं अनसुलझे।
मेरी हर मुश्किल को अब भी,
कैसे सुलझा जाती हो तुम।
अम्मी याद...............

मेरे ज़ख़्मों का मरहम थीं,
लोरी की मीठी सरगम थीं।
मुझसे जाकर दूर मगर अब,
इतना क्यों तड़पाती हो तुम।
अम्मी याद..............

मेरे नाम में चमक तुम्हारी,
हर इक काम में झलक तुम्हारी।
यादों की घटा घनेरी लेकर,
बरस मुझी पर जाती हो तुम।
अम्मी याद.............

भले किसी को नहीं ख़बर है,
तेरी दुआओं का ही असर है।
अपनी ममता के फूलों से,
राह मेरी भर जाती हो तुम।
अम्मी याद................

दुनिया का हर नाता धोखा,
रिश्ता तुमसे एक अनोखा
इसीलिए तो प्यारी अम्मी,
याद बहुत आती हो तुम।
अम्मी याद बहुत आती हो तुम
अम्मी.....................

मेरा मुल्क मिसाल

तग़ाफुलों को भूल कर, नया करें आग़ाज़।
अदावतों की चाल का, खोलें मिलकर राज़।

अरे सियासत बेशरम, बनो न इसकी ढ़ाल।
हिन्दू-मुस्लिम प्यार की, क़ायम करो मिसाल।

दहशतग़र्दी का आलम, कर ना पाये शोर।
अब्र बरस जा प्यार की, अब तो चारों ओर।

रहे अमन अब मुल्क में, है मेरा अरमान।
मिट जाऐं सब फ़ासले, बढ़े देश की शान।

आदिल हर इक इंसाँ है, जागी है उम्मीद।
आओ मनाऐं मिलकर, दीवाली औ ईद।

मज़हब के ये दायरे, लगते बड़े फ़िज़ूल।
धर्म एक इंसानियत, बाक़ी जाओ भूल।

भर लो बस आग़ोश में, इसकी मुश्क़ कमाल।
धरती पर तहज़ीब की, मेरा मुल्क मिसाल।

ग़ज़ल-एक पैगाम इंसानियत के नाम

सख़ावत की हवा प्यारी, चला कर तुम ज़रा देखो,
किसी के दर्द को, अपना बना कर तुम ज़रा देखो।

खुशी उस वक़्त दिल की तुम, बयां भी कर नहीं सकते,
बुझी शम्मा किसी घर की, जला कर तुम ज़रा देखो।

तकब्बुर की हवा, गर्मी जहन्नुम की बढ़ा देगी,
अदावत की मशालों को, बुझा कर तुम ज़रा देखो।

किसी को तुम, खिला सकते ,नहीं हो रिज़्क़ का दाना,
न हो इसका यक़ीं तो, आज़मा कर तुम ज़रा देखो।

रब- ए -कुदरत सिखाती है ,सबक अपने तरीक़े से,
किसी मासूम को नाहक, सता कर तुम ज़रा देखो।

चढ़ाते हो नयी चादर कभी मंदिर मज़ारों पर,
वही चादर किसी तन पर, सजा कर तुम ज़रा देखो।

बने पत्थर तमाशा देखते हो हादसों का तुम,
दिलों को मोम, जैसा भी बना कर तुम ज़रा देखो।

"कहकशां" भी चमकती है ,उसी के इक इशारे पर,
क़लम उसके बिना अपनी चला कर तुम ज़रा देखो।

कमलेश त्रिवेदी 'फर्रुखाबादी'

जन्मतिथि : 1 जनवरी 1946

पति का नाम : स्व. श्री अजीत मोहन आत्रेय

शिक्षा : एम.ए, बी.टी.सी-आयुर्वेद रत्न (सेवा निवृत शिक्षक)

सम्प्रति : स्वतन्त्र लेखन व् काव्य सृजन

कृति : अंजुली, पाखी ही रहने दो (प्रकाशित), 'मंजरी' और 'अनावृत कर दो सारे' द्वार प्रेस में

साहित्यिक गतिविधियाँ : अनेक पत्र पत्रिकाओं में कविता व लेख प्रकाशित, अनेक मंचों पर काव्य पाठ।

पता : आवास विकास, बुलंदशहर रोड, हापुड़ (245101)

गीत

एक कहानी लिखें नई सी, छोर छोर से मिले जहाँ
जहाँ मिले धरती से अम्बर, चलो आज फिर चलें वहाँ
सुबह सबेरे सूरज खेले
चमके रजनी में चन्दा
टिम टिम करते दीप गगन के

महके फिर रजनी गन्धा
जहाँ चले प्रेमिल पुरवाई, चलो आज फिर चले वहाँ
जहाँ मिले धरती से अम्बर, चलो आज फिर चलें वहाँ
गुलशन गुलशन सुमन विहँसते
कण कण संदल सा पावन
निर्भय रहती जहाँ जानकी
हर पल मोहक मनभावन
जहाँ देव धरती को पूजें, चलो आज फिर चलें वहाँ
जहाँ मिले धरती से अम्बर, चलो आज फिर चलें वहाँ
प्रेम, समर्पण, त्याग, तपस्या
पूजन की परिपाटी हो
श्वांस श्वांस हो पारिजात सी
देहिल चन्दन बाटी हो
जहाँ धर्म शीतल शतदल हो, चलो आज फिर चलें वहाँ
जहाँ मिले धरती से अम्बर, चलो आज फिर चलें वहाँ।

गीत

ऐसी कोई जगह नहीं है, जहाँ न तेरा नाम लिखा हो
ऐसा कोई नहीं आइना, जहाँ न तेरा रूप दिखा हो
नदी किनारे की बालू से
आ कर के तुम बतियाओ तो
उन्मादित चंचल लहरों से
इक घूँट प्यार का लाओ तो
ऐसी कोई हाट नहीं है, जहाँ न कोई प्यार बिका हो

ऐसी कोई जगह नहीं है, जहाँ न तेरा नाम लिखा हो
मधुशाला की हाला में भी
मस्ती का वो चलन नहीं है
पीर प्यार की मिटा सके जो
ऐसा कोई मदन नहीं है
हुस्ने यूसुफ और जुलैखा, दीवारों पर अक्स खिचां हो
ऐसी कोई जगह नहीं है, जहाँ न तेरा नाम लिखा हो
पर्वत घाटी खुला समन्दर
देखा जो निज स्व के अन्दर
नील गगन की ऊँचाई में
बिखरे ओस कणों के अन्दर
पावनता के पुरे चौक में, रची हुई एक वेद ऋचा है
ऐसी कोई जगह नहीं है, जहाँ न तेरा नाम लिखा हो।
मुझको जो आभास हुआ है
मैं तुम से ही वह कहती हूँ
थकन भरे बूढ़े दीपक की
बाती बन जलती रहती हूँ
तपती हुई अग्नि किरणों में, ज्यों तेरा एहसास छिपा हो
ऐसी कोई जगह नहीं है, जहाँ न तेरा नाम लिखा हो।

गीत

तन पर गिरती शबनम बूँदें, मन धरती सा उर्वर है
दर्पण मुझ में, मैं दर्पण में, बाहर परछाई भर है
ऊँचे पर्वत सी जिजीविषा

उठते पीड़ाओं के बादल
चाहत के अम्बर से गिरता
कड़वा मीठा तीखा सा जल
शान्त दीखता वायुमंडल, भीतर घोर बवंडर है
दर्पण मुझ में, मै दर्पण में, बाहर परछाई भर है
छाया कहीं घोर अंधियारा
कही भानु की धूप प्रखर है
साहस की ऊँची पैकड़ियाँ
मौसम का भी जोर जबर है
कहीं साँझ की शोभित लाली, कहीं आरती का स्वर है
दर्पण मुझ में, मैं दर्पण में, बाहर परछाई भर है
उठते गिरते आहत विस्मित
सात सुरों के घाट बहत्तर
हास्य लास्य अरु रुनझुन पायल
सुर देवी सा रूप ये सत्वर
बाहर खाली सूनापन है, अन्दर सात समन्दर है
दर्पण मुझ में, मै दर्पण में, बाहर परछाई भर है।

राहुल कान्त पाण्डेय 'राधे'

जन्मतिथि : 25 दिसम्बर 1993

शिक्षा : स्नातक (कंप्यूटर)

सम्प्रति : अध्ययनरत, स्वतंत्र लेखन

साहित्यिक उपलब्धियाँ : अनेक मंचों पर कविता पाठ और अनेक पत्र पत्रिकाओं में प्रकाशित रचनायें

दूरभाष: 8809317741

पता : ग्राम, पोस्ट- चकवाय, थाना- वारिसलीगंज, जिला-नवादा (बिहार) 805130

ईमेल : Rahulkantpandey89@gmail.com

ये मत पूछो कैसी है

भरी सितारों रातों में, इक चाँद के जैसी है,
ये मत पूछो कैसी है, बस अपनी जैसी है।

किया न है श्रृंगार कोई, न कोई भूषण पहना है,
भोली सी सूरत पर उसके, इक लज्जा का गहना है।
मेरी दिल की बगिया बीच, गुलाब के जैसी है
ये मत पूछो कैसी है, बस..... ।

आँखो में प्यार का सागर है, होठों पे तराना है,
कोयल सी बोली है, हर एक अदा फसाना है।
मंदिर की घंटी, मस्जिद की अजान की जैसी है,
ये मत पूछो कैसी है, बस...... ।

अहसासों में मेरे हर पल, साथ बसी वो होती है,
मैं राहुल हूँ एक दिया, और वो मेरी ज्योति है।
मुझमें बसने वाली, मेरी जान के जैसी है,
ये मत पूछो कैसी है, बस...... ।

पास नहीं थी जब वो मेरे, चाँद को देखा करता था,
शायद वो कुछ ऐसी होगी, ऐसा सोचा करता था।
अब तो चाँद भी कम लगता है, वो कुछ ऐसी है,
ये मत पूछो कैसी है, बस अपनी जैसी है..... ।

तुम बिन

ये सच है की, तुम अब नहीं हो मेरी,
सब कुछ बदल गया है, तुम बिन।
अब वो अहसास, वो बात, वो रात
वो मैं, और वो तुम भी नहीं रहीं,
मैं लिखता तो हूँ, पर भूल जाता हूँ।
कि जीने के लिए केवल प्यार नहीं,
चाहिए रोटी, कपड़ें और सर को छत।
सभी को भाता है मेरा दर्द, मेरे आँसू,
जो बनकर स्याही, ढलकर बन जाते हैं।
कभी कविता, कभी गीत, कभी ग़ज़ल
वाह, प्यार, सम्मान बहुत पाता हूँ, पर।
इससे मिट्टी हैं न भूख, न प्यास
न जेठ की दुपहरी, न पूस की रात।
फिर तेरे वो सतरंगी सपनें, ओह
सपनें ही रह जातें, सुनहरी याद बनकर।
पर बिछड़कर तो अब तुम खुश हो,
मैं भी कभी मुस्कुरा लेता हूँ, और फिर।
कुछ लिखते-लिखते, जाती बीत
हैं रातें, और ढल ही जाता है ये दिन
सब कुछ बदल गया है तुम बिन।

शराब पी ली मैंने

बिछड़ के तुमसे, यूँ जिंदगी जी ली मैंने,
नजर बचाके जमाने से, शराब पी ली मैंने।

की कोशिशें तमाम आँखें हँसती रहें,
अश्क अंदर ही अंदर सिमटता रहें,
जिससे रोशन कभी दिल हमारा हुआ
उसकी आगोश में आज जलता रहे।
खुद को, तेरी बेवफाई की सजा दी मैंने।
नजर बचाके जमाने से शराब पी ली मैंने।

इश्क की गलियों में काफी मशहूर था
पर मोहब्बत ही मुझसे खफा सी रही,
राह मे कितनी आईं हसीनाएँ पर
मोहब्बत मुझसे बेवफा सी हुईं।
व़फा करके भी,
व़फा की इंतहा दी है मैंने,
नजर बचाके जमाने से शराब पी ली मैंने।

मुशर्रफ़ चौधरी

पति : श्री फ़सीह चौधरी

जन्मतिथि : 31 जनवरी 1949

गतिविधियाँ : लोक अदालत की सदस्या, “आओ पढ़ें” सोसायटी की निर्देशिका, विशेष पुलिस अधिकारी

साहित्यिक उपलब्धियाँ :अनेक सम्मानों से सम्मानित। अफसाने, कहानियां, ग़ज़लें, विभिन्न पत्र-पत्रिकओं में प्रकाशित व रेडियों से प्रसारित, प्रकाशित

पता : 318, आवास विकास कालोनी, हापुड़-245101

ग़ज़ल

अपने साथ मानवता का सामान होना चाहिए
फिर तो जीवन का सफर आसान होना चाहिए।

हिंदू-मुस्लिम बाद में बनना मेरे हमदम मेरे साथी
आदमी को पहले इक इंसान होना चाहिए।

कठिनाइयों में भी सफलता पाँव चूमेगी मगर
जिंदगी की राह में बलिदान होना चाहिए।

सारी दुनिया चौंक जाए जब पढ़े इतिहास को
हर हुनर में देश का निर्माण होना चाहिए।

मेरे बच्चे पढ़ नहीं पाए नए युग कि किताब
मेरे मौला मेरी नस्लों का सबक विज्ञान होना चाहिए।

एक अनमिट सी ख़लिश एक खारे आरज़ू
घर में इक बच्चा तो हाफ़िज़े कुरआन होना चाहिए।

मैं धनी हूँ द्वारिका की, मैं कलम से कृष्ण हूँ
पर गरीबी का सुदामा मुशर्रफ़ का मेहमान होना चाहिए।

ग़ज़ल

खुद को जब मैं खबर में रखती हूँ
सारी दुनिया नज़र में रखती हूँ।

जाने किस वक़्त वो चला आए
रौशनी रेह गुज़र में रखती हूँ।

गम-ख़ुशी जिसमें साफ दिखती हूँ
अश्क वो चश्मे-तर में रखती हूँ।

कामयाबी है नाम जिस शै का
उसको दस्ते-हुनर में रखती हूँ।

ले उड़ूँगी क़फ़स शिकारी का
जोर वों बालो-पर में रखती हूँ।

जिस को वहशत का नाम देते हो
मैं वो सौदा भी सर में रखती हूँ।

पहले लेती हूँ अपनी माँ से दुआ
पाँव जब भी सफ़र में रखती हूँ।

ऐ मुशर्रफ़ ग़ज़ल के दामन में
लफ्ज़ सब मौत पर ही रखती हूँ।

ग़ज़ल

मैं ज़ब्त जितना करती गई ग़म सिवा दिये
हँसने के उसने मुझको सलीके सिखा दिये।

पागल बना के डाल दी पैरों में बेड़ियाँ
और उसने मेरी फ़िक्र पे पहरे बिठा दिये।

इक़ बार उसने हँस के जरा गुफ़्तगू जो की
फिर यूँ हुआ कि ज़ख्म सभी मुस्करा दिये।

जब उसने बढ़ के थाम लिया मेरे दस्ते नाज
मैंने सब हिजाबे ज़माना उठा दिये।

दिल से नहीं निकाल सकी उसकी याद को
सारे खुतूत उसके अगरचे जला दिये।

शिकवा मेरे लबों पे मुशर्रफ़ जो आ गया
उसने कहा-कहाँ के फ़साने सुना दिये।

अनुराग मिश्र "ग़ैर"

जन्मतिथि : 02 जनवरी 1967

शिक्षा : बी.एस सी., एल एल.बी.(ल0वि0वि0)

सम्प्रति : सहायक आबकारी आयुक्त (उ0प्र0सरकार)

साहित्यिक उपलब्धियाँ : लगभग सभी स्तरीय पत्र पत्रिकाओं में प्रकाशन। 30 साझा संकलनों और 40 साहित्यिक पत्रिकाओं में रचनाओं का प्रकाशन।

प्रसारण : आकाशवाणी लखनऊ व डी.डी. यूपी

प्रकाशन : सौगंध (एकांकी), तृष्णा(काव्य संग्रह), साली मय की प्याली (व्यंग्य संग्रह), खेत कि पाँव (ग़ज़ल संग्रह)

पता : कमता, चिनहट, लखनऊ-226028

ग़ज़ल

हाथ पर हाथ धरे बैठा हूँ
पूछ मत यार भला कैसा हूँ।

एक साये की तरह मैं हर पल
आपके साथ सदा रहता हूँ।

हाय क़िस्मत का तमाशा देखो
जाम है पास मगर प्यासा हूँ।

आज फिर खोज मुझे बचपन सा
पेड़ के पास छिपा बैठा हूँ।

है न छत और न दीवार मगर
लोग कहते कि तिरा कमरा हूँ।

घूँट दो घूँट ही पीकर मैं तो
राज़ की बात बता देता हूँ।

हो सके गर तो चली आना शब
आज तो "ग़ैर" यहीं ठहरा हूँ।

ग़ज़ल

जहाँ डरना मना था
वहीं मैं भी डरा था।

हवा से पूछ लेते
सुगम मेरा पता था।

सुना है क्या गज़ब का
लहू का जायका था।

मिले हो तुम मुझे जो
कोई तो सिलसिला था।

पिये बिन लौट आया
वहाँ ताला जड़ा था।

नहा कर जब वो लौटा
कमल सा खिल गया था।

ज़मीं में दब गया ख़ुद
कि जिसका दबदबा था।

मिला है "ग़ैर" को जो
वही मेरा ख़ुदा था।

ग़ज़ल

अब न करना गुलाब की बातें
ख़ूबसूरत शबाब की बातें।

शेख़ जी आज माफ़ करता हूँ
फिर न करना शराब की बातें।

अय हवा तेज़ तू चलाकर यूँ
मत सुना कर नकाब की बातें।

बेवफा लड़कियां नहीं होतीं
हैं फ़क़त सब किताब की बातें।

खोल दें हम जुबान क्या साहिब
सुन लिये सब जनाब की बातें।

देश पर जांनिसार कर देना
सच कहूँ हैं सबाब की बातें।

उड़ गये होश "ग़ैर" सागर का
रात सुनकर हबाब की बातें।

श्याम सुन्दर तिवारी

जन्मतिथि :18 सितम्बर 1957

पिता : श्री रेवाशंकर जी तिवारी

शिक्षा :एम.ए.(हिन्दी साहित्य)

विधा : हिन्दी गीत

साहित्यिक उपलब्धियाँ : पिछले 30 वर्षों से गीत की साधना, अनेक पत्र पत्रिकाओं में निरन्तर रचनाएँ प्रकाशित, दूरदर्शन एवं आकाशवाणी से प्रसारण, वर्तमान में दो गीत संग्रह प्रकाशनाधीन हैं, अनेक मंचों, ई-मंचों से काव्यपाठ

निवास : खण्डवा, म.प्र.

गीत

जीवन की खुशियाँ भर लाती है।
एक नदी जब माँ बन जाती है।

पानीदार कहाँ अब जीवन है।
हर थाली, रोटी की अनबन है।
अब तो बस उस हाथ सलाई है,
जिस चरखे ने पोनी काती है।

बादल के टुकड़े पर लिख लेता,
अम्बर से उतरे सारे मधुगीत।
कृष्ण रंग है पर अमृत ही है,
धीरज धर मन अब सावन की जीत।
तोड़ तटों को बहती है निर्द्वन्द
पथ हरियाती कल कल गाती है।

पका हुआ जब फनस छुआ होगा।
शुष्क हृदय तब सरस् हुआ होगा।
बरखा की पहली फुहार के संग,
घट छलका फिर अवश हुआ होगा।
बिन्दु नाद इस उर के मन्दिर में,
करके सबको भरमा जाती है।

एक नदी जब माँ हो जाती है।

गीत

निर्मल जल से निश्छल रिश्ते,
ढूँढे कहाँ मिले।
जब आये तब मिलने सारे,
शिकवे और गिले।

परिवारों में अपनापन था,
भाई बहन के बीच।
माँ बाबा ने बेल लगाई थी,
सपनों से सींच।
जहरीली हो गईं हवाएँ,
आँगन अगन जले।

हवन हो गए हँसी ठहाके,
खरल हो रहीं बातें।
ऊँघ रही हैं धुत्त नशे में,
काली गोरी रातें।
खुशियाँ हुईं काफूर,
आरती बुझती, धूम छले।

पनप रहीं आशाएँ जैसे,
अँधियारे में एक किरन।
आयेगा फिर, नया सवेरा,
मन खिलते हैं, नवल सुमन।
जागेंगे दिन सूरज वाले,
जलसे आम तले।

गीत

बरसेगा मेहा, पनपेगा नेहा,
याद तुम्हारी आएगी।
यादों से सपने उपजेंगे,
सपने सच कर जाना तुम।
अबकी बरस ये खास है सावन,
अबकी बरस आ जाना तुम।

शबनम जब आकर फूलों के,
नर्म दलों पर टिकती है।
उर की सारी कामनाएँ तब,
तेरे लिये सिमटती हैं।
आओगे जब मेरे द्वारे,
प्रीत गीत बस गाना तुम।

अम्बर से आकर मेघों ने,
छत से बाँधी मालाएँ।
गलियों में निर्बन्ध झूमती,
नाच रही हैं बालाएँ।
बिरहा में सूखी नदिया की,
आना प्यास बुझाना तुम।

अबकी बरस ये खास है सावन,
अबकी बरस आ जाना तुम।

नीलम सौरभ

पति : श्री सौरभ गुप्ता

जन्मतिथि : 05 जून 1986

शिक्षा : एम. एस.सी.(वनस्पति विज्ञान), बी.एड.

सम्प्रति : विज्ञान की शिक्षिका, कलाकृति:.. द आर्ट ज़ोन की संचालिका

साहित्यिक एवं अन्य अभिरुचि : सोशल मीडिया कि सक्रिय लेखिका हैं। अनेक विधाओं में लेखन की कला से परिपूर्ण, बचपन से लेखन में रुचि । साहित्य के साथ विभिन्न कलाओं जैसे स्केचिंग, पेंटिंग इत्यादि में रुचि है, बेस्ट आउट ऑफ़ वेस्ट शिल्पकला के क्षेत्र में अनेक सृजनात्मक कार्य किये हैं, बागवानी, कृषि, और पशु पक्षियों से बेहद प्रेम।

निवास स्थान : उरकुरा, रायपुर छत्तीसगढ़

कुछ प्रश्न हैं नारी से

भवन को केतन करने वाली।
जड़ को चेतन करने वाली।
आजीवन घर भर की सेवा,
बगैर वेतन करने वाली।
उस घर में एक छोटी सी,
तेरे नाम की तख्ती क्यों नहीं?

सप्रयास हर दरार पाटती।
प्रेम सुधा ही सदा बाँटती।
अपनी हथेली करके घायल,
सबके पथ कंटक छाँटती।
फिर भी तेरा कंठ है सूखा,
स्वयं सुधा चखती क्यों नहीं?

बीज उगाती लहू सींचकर।
पौध पले प्राणरस खींचकर।
रक्षा कवच बन कर पाला,
बरसों छाती से भींच कर।
उस उपज पर रंचमात्र भी,
अधिकार रखती क्यों नहीं?

तू मीनार की नींव है गहरी।
नवांकुरों की धूप सुनहरी।
जीवन भर श्रम की भट्ठी में,
तपा करती सारी दुपहरी।
सारे जग को रौशन करती,
तू उजाला लखती क्यों नहीं?

जीने कि तमन्ना बाकी है

उड़ने की अभी बस ठानी है,
उड़ान भरना बाकी है।
मरने की दुआएं क्यों मांगू,
अभी जीने की तमन्ना बाकी है

मधुवन के सपने न देखूँ?
कि चंद काँटों ने घेर लिया।
इतने में प्यासी मर जाऊँ??
कि सागर ने मुँह फेर लिया।
ऐ सागर तू भी देखेगा,

वो बादल मेरा साकी है।
मरने की........ बाकी है।

सावन चाहे मिले ना मिले,
मैंने फागुन का मज़ा लिया।
उन्हीं तारों को चुन चुन कर,
मैंने अपना घर सजा लिया।
जिनके टूटने की आस में

उसने, पहरों आसमां ताकी है
मरने की........ बाकी है।

कोई ख्वाहिश नहीं है मेरी,
अब इस मनौती को लेकर।
वो शर्मिन्दा होगा इक दिन,
अपनी ही कसौटी को लेकर।
कि चूर नशे में अपने कद के,
मेरी कम कीमत आंकी है।
मरने की........ बाकी है।

बिटिया और चिड़िया

आज के दौर में
बिटिया और चिड़िया
दोनों की सूरत एक सी, सीरत एक सी,
भोली और मासूम।
दोनों की हसरतें एक सी,
उड़ें खूब ऊँचा, ढूँढ लें नभ छोर।
ज़िंदगी को भरपूर जियें,
हर पल, हर क्षण।
मीठी कलरव से गुंजाएं,
धरती का कोना कोना।
और तो और दोनों की नियति भी एक सी।

हिफ़ाज़त के लिए उन्हें पिंजरे में डाल,
रख देते हैं कई बार हम।
लेकिन पिंजरा सोने का ही क्यों न बना हो,
मखमल ही क्यों न बिछा हो अंदर,
दाना पानी भरपूर क्यों न भरा हो।
हसरतों की उड़ानों का दम घुट जाता है,
हौसलों का दामन छूट जाता है,
पिंजरे के भीतर।
और हसरतों के मरने से
मर जाती है जीने की ललक भी लगभग,
फिर वो जिंदा नहीं, जिंदा लाश हो जाती हैं।
और अगर उनकी ख़ुशी के लिए,
उनकी हसरतों को पंख देकर,
छोड़ देते हैं खुले आसमान में,
कि वो उड़ें जितना जी चाहे,
चाँद तारों को छुएं, अंतरिक्ष को नापें।
कई चील, गिद्ध हर कहीं मिल जाते हैं उन्हें,
उनके पंख कतर कर, अरमान नोचकर,
गिरा देते हैं ज़मीन पर जो,
जहाँ कई हवसी, भूखे भेड़िए, लकड़बग्घे,
कदम कदम पर,
उनके लिए घात लगाए बैठे होते हैं।
जहाँ वो सचमुच की लाश बन जाती हैं,
सचमुच की लाश बना दी जाती हैं।
तो फ़िर कहाँ जाए चिड़िया? कहाँ जाए बिटिया??

सुखराज सिंह

पिता : श्री सेवा सिंह

जन्मतिथि : 14 मार्च 1971

शिक्षा : हाई स्कूल

सम्प्रति : व्यवसायी

साहित्यिक उपलब्धियाँ : विभिन्न मंचों पर कविता पाठ, साहित्य से जुड़ाव बचपन से था।

पता : अलीगढ़ उत्तर प्रदेश

ईमेल : ss9457201@gmail.com

फुर्सत की मौत

लोग और थे कि मारे गए वहशत के दौर में
ये ऐसा शख्स है कि मुहब्बत से मरा है।

उसके करम की बारिशें बरसी तो थीं मगर
रहा हसरतों की भीड़ में हसरत से मरा है।

इसको सिखाया दौर ने किस किस तरह से था
जाहिल ही ये रहा जहालत से मरा है।

ताउम्र जो जलते रहे नफरत की आग में
बुझते से वो लगे ये अब भी हरा है।

ईसा नफस दमसाज है मक्तल में साथ है
मिटने का खौफ है न मरने से डरा है।

सबमें न घुल सका फिरै है कतराता
आतिश जबान है मगर दिल का खरा है।

ताउम्र ढूँढता रहा फुर्सत की साअतें
मरने को जब हुआ बड़ी फुर्सत से मरा है।

मरने से पहले

यूँ गर्दिश ऐ गम से मिले हम चूर हो गये
टूटे तो मगर फिर से संवर जाना नहीं भूले।

मिट्टी का समझ बुत वो मुझे तोड़ रहे हैं
खुशबू की तरह हम बिखर जाना नहीं भूले।

अलमस्त से दरिया बने बहते रहे मगर
जो तूने पुकारा तो ठहर जाना नहीं भूले।

रातों का कर्ब दिन की थकन यूँ मिले हमें
हम इनमें खिले इनसे निखर जाना नहीं भूले।

हर रंग में रहे मगर बदले नहीं कभी
भंवर में थे झूम के लहराना नहीं भूले।

खंजर था उनके हाथ में हम इस तरह मिले
मरने से पहले दिल में उतर जाना नहीं भूले।

मैं खुद शराब हूँ

किसकी बुझाता प्यास कि मैं खारा था इस कदर
वक्त जो न पी सका मैं वो सराब हूँ।

बन के मिटा मिटके बना यही मेरी दास्ताँ
था दरमियान ऐ मौज जो मैं वो हुबाब हूँ।

बदले जहाँ के तौर सभी बदगुमाँ हुए
कहूँ और की मैं क्या मैं खुद खराब हूँ।

तोड़ा तो कुछ न पाओगे न रंग न महक
चहकूंगा सिर्फ शाख पे मैं तो गुलाब हूँ।

मुख्तसर सी तेरी दास्ताँ वो लौ तू परवाना
सुलगै है जो अजल से मैं वो आफताब हूँ।

मुझमें खुमार मुझमें नशा बेखुदी का है
मुझको न दो शराब कि मैं खुद शराब हूँ।

मेरी न कर तलाश कहीं खुद से दूर तू
रहता हूँ तेरी आँख में मैं तेरा ख्वाब हूँ।

मोहन लाल तेजियान

पिता : श्री सुरजीत सिंह तेजियान

जन्मतिथि : 10 अक्टूबर 1968

शिक्षा : एम.ए.(समाज शास्त्र और दर्शन शास्त्र)

सम्प्रति :स्वास्थय विभाग, हापुड़ में कार्यरत

प्रकाशन : 'कस्तूरी कंचन', 'पुष्पगंधा', 'संदल सुगंध', 'भाव कलश' समेत अनेक साझा संकलनों एवं पत्र पत्रिकाओं में रचनायें प्रकाशित।

साहित्यिक उपलब्धियाँ : अनेक संस्था द्वारा सम्मानित एवं काव्यदीप संस्था हापुड़ में मंत्री पद, आगमन के आजीवन सदस्य और हापुड़ नगर के कोषाध्यक्ष

पता : मीनाक्षी रोड, हापुड़-245101

ईमेल : mltejiyan@gmail.com

ग़ज़ल-बार-बार नहीं आता

यह समय सबके दर बार-बार नहीं आता,
हजारों निगाहें सबपे प्यार नहीं आता।

तेरी जफ़ाओं के निशान बाकी है अभी,
इसीलिए अब तुझपे ऐतबार नहीं आता।

विषधर के काटने से डरता ही कौन है,
यार वो भी डसने बार बार नहीं आता।

रोज-रोज नये वेश बदलता है आजकल,
क्यूँ एक ही रूप में हर बार-बार नहीं आता।

इक तेरे जाने से वीरान है जिंदगी,
तेरे बगैर नजर में संसार नहीं आता।

करीब आने को कभी रिश्तें बनाता था,
अब तुझे याद मेरा घर-बार नहीं आता।

खैर तेरे बगैर जीना सीख लेंगे हम,
अब तेरे रास्ते यह द्वार नहीं आता।

बलात्कार

बलात्कार एक हिंसा है निज दुश्मन के घर बार से,
अहं की तुष्टि करता है ले बदला निरीह चीत्कार से।

बलात्कार एक कुंठा है पलती मन के व्यभिचार से,
अपराधी को मतलब क्या अब खुशियों के संसार से।

सबला-अबला बनी रहेगी लिंग-भेद के संसार से,
जब तक मुक्त नहीं होगा पुरुष सत्ता के अहंकार से ।

पुरुषत्व का आतंक है नारी के हाहाकार से,
सृजन का संहार है सृजन के हथियार से।

वस्तु बनी है बस नारी युवा सीखें हैं बाजार से,
दुनिया का बाजार पटा है नारी देह इश्तिहार से ।

मानव का अस्तित्व बचाती सृष्टि की एकाकार से,
नारी देह को क्यूँ जोड़े है वस्तु के व्यापर से।

दामिनी सा जन सैलाब हो हर नारी के बलात्कार से,
बलात्कार एक सुनामी है नारी के एतबार से।

मन क्रांति अब लानी होगी अन्तर के स्वीकार से,
जालिम को हो सजा मुकर्रर सामाजिक बहिष्कार से ।

मानिन्द-ऐ-शराब छल रहा है

लोग कहते है भई वक्त ख़राब चल रहा है,
मगर आदमी मानिन्द-ऐ-शराब छल रहा है।

नफरत कि आग भड़काने से बाज आओ,
हर सीने में एक आफताब जल रहा है।

किस पर भरोसा करें इस नये दौर में,
हर चेहरा बनके नकाब अब ढल रहा है।

आस्थाओं के जंगल से बाहर आकर सोचो,
कर्णा धार पीकर शराब पिघल रहा है।

जाति मजहब की सियासत बंद करके देखो,
क्यूँ दुश्मन सीमाओं से आगे निकल रहा है।

अपनी कमजोरी छिपाने के लिए वो,
बार-बार सुर रवाब बदल रहा है।

विश्व गुरु बनेंगे एक दिन हम जरुर,
मेरे सीने में यह ख़्वाबपल रहा है।

माँ-बाप का आशीष जिसके पास है,
हर मुसीबत से वह आगे निकल रहा है।

अजय चौबे "साहिल"

जन्मतिथि : 2 जुलाई 1979

सम्प्रति : सेल्स मैनेजर

शौक : साहित्य लिखना और पढ़ना, भ्रमण

साहित्यिक उपलब्धियाँ : करीब 60 रचनायें जिनमें से करीब 12 प्रकाशित (सरस सलिल, गृह शोभा, चम्पक, मधुर सौगात, आप का मत न्यूज पेपर, लोटपोट, बालहंस), साहिल की डायरी (कविता संग्रह), 'उजाले की ओर' नामक पुस्तक प्रकाशित हो चुकी हैं।

वर्तमान निवस : पुणे, महाराष्ट्र

आओ फिर से दिया जलायें

आओ फिर से दिया जलायें
तम़ का नाश करें इस जग से
घर घर को रोशन कर जायें
आओ फिर से दिया जलायें

ये ना सोचो तेज थपेड़ों
में दीपक क्या टिक पायेगा
छाया है चिरकाल़ से जो तम़
क्या दीपक से मिट जायेगा
धर उर मे विश्वास प्रबल इक
आओ जीवन राग सुनायें
आओ फिर से दिया जलायें

कलुषित होती मानवता की
चीत्कारें हैं गूँज रहीं
घना तिमिर है मौन रास्ते
नहीं दिशायें सूझ रहीं
नव प्रभात की नई किरन संग
आओ कुछ तो कदम बढ़ायें
आओ फिर से दिया जलायें

शब्द थके से जाने क्यों है
वाणी भी अब मौन पड़ी
विचलित मन कुंठित आशायें
विपदा कैसी आन खडी
आस निराश की इस बेला मे
आओ फिर से अलख जगायें
आओ फिर से दिया जलायें।

जीवन के इस सफ़र में

जीवन के इस सफ़र में
संघर्ष की डगर में
कठिनाइयों से लड़कर
पग अग्रसर करेगा
वो ही सफ़ल बनेगा
बाधाएं लाख होंगी
आशायें राख होंगी
काली घनी निशा में
विपदायें पास होंगी
सारी मुसीबतो को

हँसते हुए सहेगा
वो ही सफ़ल बनेगा

पीछे नहीं मुड़े जो
बढ़ता रहे सदा जो
पाके रहेंगे मंजिल
संकल्प है किया जो
आँखों मे लक्ष्य लेकर
काँटों पे भी चलेगा
वो ही सफ़ल बनेगा

अविचल खडा हिमालय सा
जो ना डगमगाये
करने में श्रम तपस्या
जो तनिक ना डराये
साहिल बुरी बलायें
उसकी खुदा हरेगा
वो ही सफ़ल बनेगा।

क्या तुम वही हो

क्या तुम वही हो
जो रोज
मेरे ख्वाबों में आती हो
और आँखें
खुलते ही
ना जाने कहाँ
गायब सी हो जाती हो
मैं
ढूँढता हूँ पागलों की तरह
दर बदर तुम्हें
और तुम....
दूर खड़ी होकर मुस्कराती हो
कहाँ रहती हो तुम
कुछ अपना पता ठिकाना
तो बताओ
ना मुँह से बोल सको तो
इशारों में ही समझाओ
क्या तुम्हें पता है.
तुम्हारी याद में
अक्सर रातों को
नींद नहीं आती
कितनी कोशिशें कीं
पर याद है की नहीं जाती
वही तुम्हारा
हँसता, मुस्कराता सा
मासूम चेहरा

सामने आ जाता है
और दिल
सपनों में खो जाता है
यह प्यार है या कुछ और
मैं नहीं जानता
क्या तुम मुझे बतलाओगी
सीने में उठ रहे
इस मीठे मीठे दर्द
का राज समझाओगी
अक्सर मैंने लोगो से सुना है
कि
प्यार करते नहीं
हो जाता है
दिल कब किसी हसीना की
मखमली
जुल्फों में खो जाता है
जान नहीं पाओगे
किसी की नीली नीली आँखों
में
इतनी गहराई तक डूब जाओगे
कि खुद का गुमान भी न होगा
ये इश्क़ है या धोखा
समझ भी न पाओगे
उनकी मस्तानी बांहों के घेरे में
तुम इस कदर सो जाओगे
जैसे कोई
हजारों सालों बाद सोता है
तभी तो कहते है
इश्क अँधा होता है।

मंजु शर्मा "मंजुला"

जन्मतिथि :16 सितम्बर 1963

जन्मस्थान : जयपुर

शिक्षा : परास्नातक, शिक्षक प्रशिक्षण

साहित्यिक उपलब्धियाँ : अनेक पत्र-पत्रिकओं में प्रकाशित रचनायें। आकाशवाणी से प्रकाशन, सदस्य साहित्य एक्सप्रेस में सहभागिता, ब्राह्मण समाज में प्रवक्ता।

लेखन विधा : गीत, ग़ज़ल, कविता, उपन्यास, नाटक, कहानी आदि।

पता : जगदम्बा कॉलोनी जयपुर-302023

ईमेल : manju1609sharma@gmail.com

हथलेवा

पाणि में पाणि का ग्रहण है हथलेवा
हृदय से हृदय का प्रवहण है हथलेवा
कुल से कुल का मिलन है हथलेवा
जनम जनम का बंधन है हथलेवा।

पिता के आँगन कि शान है हथलेवा
भाई को कंधों का भान है हथलेवा
बहिन के चेहरे की मुस्कान है हथलेवा
माँ के अरमानों का परवान है हथलेवा।

सप्तपदी का सोपान है हथलेवा
वचनों का शपथ निधान है हथलेवा
नव जीवन का प्रस्थान है हथलेवा
मंगल परिणय विधान है हथलेवा।

परम्पराओं का अनुशीलन है हथलेवा
संस्कृति का अवलंबन है हथलेवा
देवों का अनुकंपन है ये हथलेवा
कैसा अद्भुत क्रियान्वयन है हथलेवा।

बेबस नारी

मै निर्लिप्त पाषाण बुत सी
निःस्पंद दीप शिखा सी
खामोश बहती बयार सी
बढ़ी चली जा रही हूँ
और ये मेरा मन
निर्जीव शून्य सा, बेशिकन सा
बरसाती सोते सा
वीरानियों में झर गया
मेरी बेबाक सी हसरतें
धुंध से छन कर, कोहरे से धुल कर
शूलों से बिंध कर
धूल का बवंडर बन उड़ गईं
छली गई है प्रग्या मेरी
उमड़ता है जज्बातों का सैलाब
चेतन हूँ या मैं अचेतन
अस्तित्व हूँ या मैं निःसार
कहीं यह धधकती हुई
जीवन ज्वाला का बहता लावा तो नहीं....?

वर्तमान राजनीति का परिवेश

राजनीति नारी परिवेश में,
स्वार्थ के वशीभूत हो,
अपराधों का आँचल ओढ़े,
चोरी, डकैती, अपरहण, बलात्कारों को मोहित करती,
हृदय में सजाये मायाजाल, बढ़ी चली जा रही है।
और ये “मदांध राजनेता” भी उसके आँचल में सिमटे,
प्रेमलीन हो, जनहित को कुचलते, चुप्पी से लाभान्वित हो,
मन ही मन मुस्काते बढ़ते चले जा रहे हैं।
अनभिज्ञ हो इस बात से कि वक़्त ऐसा आयेगा,
ज्वालामुखी मौन व्यथितों का फूटेगा,
लावे में अहं इनका गर्त होगा।
इस दुर्गति को देख, राजनीति के कदम भी लड़खड़ायेंगे,
फिर क्योंकि अबला
स्वरुप है इसका, फिर आयेगी परिधान
बदल कर, नव आभूषणों से सज्जित होकर
बदल कर अपनी बात।

हम्द खान

पिता : सईद उद्दीन

जन्मतिथि : 03 जुलाई 1991

शिक्षा : बी.टेक, बी, फ़ार्मेसी

सम्प्रति : स्वतंत्र लेखन

साहित्यिक उपलब्धियाँ : साहित्य से लगाव 2016 से, कलमज़ादे संस्था के संस्थापक। ये संस्था युवा वर्ग को साहित्य से जोड़ने का कार्य कर रही है। अनेक मंचों पर कविता पाठ किया। अनेक संस्था द्वारा पुरस्कृत। इनकी कविताओं में श्रृंगार रस और करुण रस की छटा देखने को मिलती।

पता : प्रतापगढ़, प्रयागराज

ईमेल : hamdsayyed001@gmail.com

नज़्म

कल रात एक ख़्वाब देखा था
कोई मेरे सिरहाने बैठकर
मेरे बालों में उँगलियाँ फिरा रहा था
मौसम सर्द होता जा रहा था
ख़्वाब मुझसे लिपटता जा रहा था

मेरे सुर्ख लबों पे उसके
लब दस्तक दे ही रहे थे

तभी आँख खुल गयी, तो देखा
अभी भी एक खुशबू बदन से लिपटी हुई थी
बाल भी कुछ उसी रुख़ में थे
जिधर उँगलियाँ उसने फिराई थीं

ख़्वाब था शायद
ख़्वाब ही होगा
सुना है, कल रात पड़ोस में एक डोली उठी थी
सुना है, कल रात ख्वाब आंसुओं में बह गया
अब ख़्वाब किसी और का हो गया
ख़्वाब था शायद
ख़्वाब ही होगा।

1.

जज्बात मुझमे भी है पर इश्क़ करने से डर लगता है,
जिस्म की चाह नहीं, पर हाथ छूटने से डर लगता है,
मीलों का सफ़र साथ तय तो मैं भी करना चाहता हूँ,
पर बीच सफ़र हमसफ़र को खोने से डर लगता है।

2.

पुराने जख्मों को छुपा कर रखना मुनासिब नहीं,
कहीं अनदेखे में खरोंच न लग जाए डर लगता है,
पुराने ख़त जलाये उनकी राख सहेज कर बैठा हूँ,
यादों का गुबार कहीं उड़ न जाये डर लगता है।

3.

हर बार इश्क हम ही जताएं ज़रूरी है क्या
आँखों कि तलब सबको दिखाएं ज़रूरी है क्या।

हाँ उस रोज़ कहा था हमने कि इश्क़ नहीं तुमसे
अब क्या रोते रोते मर जाये ज़रूरी है क्या।

बर्थडे हो तुम्हारा और केक कोई और काटे
हम तन्हाई में कैंडल जलाएं ज़रूरी है क्या।

इश्क गर इतना ही गहरा था तो गई ही क्यूँ
हर बार हम ही बुलाने आएं ज़रूरी है क्या।

4.

हम तुम्हारे आशिक़ थे, किसी से बता मत देना
राह चलते कहीं मिलना, तो मुस्कुरा मत देना।

तुम खुश नहीं हो उनके साथ ऐसा हम सोचते हैं
है यह हमारी ग़लतफ़हमी, पर सच बता मत देना।

अच्छा सुनो क्या अभी भी मेरी शायरी पढ़ती हो
सुनो न कह देना, हां कहकर इश्क जता मत देना।

तुम्हारी खिड़की का पर्दा अब हमेशा बंद रहता है
पर जब भी आना मायके तो पर्दा हटा मत देना।

5.

खुद को कुछ यूँ लिखुँगा कि
मेरा हर हर्फ़
मेरे खिलाफ नजर आयेगा।
मैं तो लिखुँगा सिर्फ मोहब्बत
पर तुम्हे सिर्फ दर्द नजर आयेगा।

राजपूत कमलेश

पिता : समर बहादुर सिंह

जन्मतिथि : 01 जनवरी 1986

शिक्षा : आपरेशन असिस्टेंट

सम्प्रति : अहमदाबाद में आपरेशन इन्चार्ज के पद पर कार्यरत

साहित्यिक एवं अन्य उपलब्धियाँ : इनकी कविता विभिन्न साझा संकलन में प्रकाशित हो चुकीं हैं, यह लेखक के साथ साथ एक समाज सेवक भी हैं, लिखने का आरम्भ 2009 से किया।

पता : 4 कैलाश नगर, अहमदाबाद, गुजरात

मुहब्बत में बदनाम

बहुत हो चुके मुहब्बत में बदनाम,
अब ये नुमाइश हमें नहीं भाती।
हुआ करते थे रोशन जिनकी रोशनाई से,
अब उन्हीं चिरागों से रोशनी नहीं मांगी जाती।
बहुत हो चुके मुहब्बत में बदनाम,
अब ये नुमाइश हमें नहीं भाती।
कई अर्सों से खुली है किताब मेरी जिंदगी की,
अब उन्हें पढ़ने की हिम्मत नहीं की जाती।
बहुत हो चुके मुहब्बत में बदनाम,
अब ये नुमाइश हमें नहीं भाती।
बड़े ही नाज से सजाई थी दरख्तों में तस्वीर उनकी,
अब उन दरख्तों पर नजर नहीं जाती।
बहुत हो चुके मुहब्बत में बदनाम,
अब ये नुमाइश हमें नहीं भाती।
मै उन्हें तख्तों ताज तो सौंप देता मगर,
अब उनसे ये उम्मीद नहीं की जाती।
बहुत हो चुके मुहब्बत में बदनाम,
अब ये नुमाइश हमें नहीं भाती।
खुदा-ए-पाक बचाये हसीनों से हमें,
उनकी बेवफ़ाई की तारीफ़ की नहीं जाती।
बहुत हो चुके मुहब्बत में बदनाम,
अब ये नुमाइश हमें नहीं भाती।

दीवाने ख़ास आए हैं

मयकदा खोल दे साकी,
दीवाने ख़ास आए हैं।
तेरी आँखों से जो छलके,
वो पीने जाम आये हैं।
तमन्ना रह गयी आधी,
अधूरे ख्वाब आए हैं।
जो जलकर जल नहीं पाये,
वही चराग आए हैं।
मयकदा खोल दे साकी,
दीवाने ख़ास आए हैं।
कभी पूरे नहीं हैं जो,
वो टूटा ख्वाब आए हैं।
गमें नश्तर की दुनिया से,
जख्में ख़ास आए हैं,

मयकदा खोल दे साकी,
दीवाने ख़ास आए हैं
जो रहबर साथ चलते थे,
उन्हें अब छोड़ आए हैं।
सफीना उनकी यादों का,
डुबो कर आज आए हैं।
मयकदा खोल दे साकी,
दीवाने ख़ास आए हैं
महफ़िल छोड़ दुनिया की,
गमे सैलाब आए हैं,
मुहब्बत से हुए रुस्वा तो,
तेरे पास आए हैं
मयकदा खोल दे साकी,
दीवाने ख़ास आए हैं।

बरसो रे

बरसो रे....बरसो रे,
प्रेम सुधा बरसो रे।
धानी चुनरिया मोहे ओढ़ कर,
प्रीत के रंग में उसको रंगाकर,
प्रेम से हर्षो रे।

बरसो रे... बरसो रे,
प्रेम सुधा बरसो रे।
मधुर सुरा का जाम बनाकर,
इन अधरों की प्यास बुझाकर,
प्रेम से हर्षो रे।

बरसो रे ... बरसो रे,
प्रेम सुधा बरसो रे।
अंगों से मेरे अंग मिलाकर,
इन सांसों में आज समाकर,
प्रेम से हर्षो रे।
बरसो रे...बरसो रे,
प्रेम सुधा बरसो रे।

सुन सजना कहते हैं नयना,
तेरे बिना मुझको नहीं रहना,
तारों से मेरी मांग सजाकर, ,
प्रेम से हर्षो रे।
बरसो रे..... बरसो रे,
प्रेम सुधा बरसो रे।

मैं भ्रूण

अविरल विकल मन विस्मित भरा
मैं भ्रूण गर्भ फांस में पड़ा।
धबक-धबक हीय नाद स्वयं का
था कर्ण पट मेरे पड़ा।
अविरल विकल मन विस्मित भरा
मैं भ्रूण गर्भ फाँस में पड़ा।
संछिप्त जीवन मात्र मेरा
निज स्वाँस से उलझ रहा।
अविरल विकल मन विस्मित भरा
मैं भ्रूण गर्भ फाँस में पड़ा।
न जाने कब वो पल होगा
जब मैं काल कोठरी छोडूंगा।
अविरल विकल मन विस्मित भरा
मैं भ्रूण गर्भ फाँस में पड़ा।

सूर्या मौर्य

पिता : स्वर्गीय श्री लादूराम मौर्य

जन्मतिथि : 10 अगस्त 1995

शिक्षा : एम.ए. हिंदी लिटरेचर 2017

प्रकाशित रचनायें : वजूद ए परछाई, साहित्यिक एक्सप्रेस में रचनाएं प्रकाशित-दिव्य स्वप्न, गाँव के खेत। अनेक मंचों पर सम्मानित, डा.भीमराव अंबेडकर सामाजिक विकास संस्था के प्रवक्ता

पता : जिला-जयपुर, राजस्थान (303904)

ईमेल : rpmourya607@gmail.com

ग़ज़ल (झरोखे पर तेरा आना)

झरोखें पर तेरा आना भी क्या आना था।
पहली दफा तेरा मुस्कुराना भी क्या मुस्कुराना था।

मेरे शुष्क लबों पर तुमने रसीले होंठ क्या रखें।
तेरा लब ए कुञ्ज मिलाना भी क्या मिलाना था।

मेरे शहर के लोग मरीज ए इश्क बन बैठे हैं।
तेरी आँखों में काजल लगाना भी क्या लगाना था।

तेरी आवाज सुनकर हर रात मैं जाग जाता हूँ।
तेरी पायल का बजाना भी क्या बजाना था।

बहुत सितम मुझ पर ढहाए तेरे शहर के लोगों ने ।
माशूक तेरी नजरों का झुकाना भी क्या झुकाना था।

जब चेहरे की चमक खत्म होगी मेरी याद आएगी।
कि मुझे चाहने वाला दीवाना भी क्या दीवाना था।

जब रुख़सत हुए 'सूर्या' वो खुशी थी या मलाल था।
माशूक तेरा झूठे आँसू बहाना भी क्या बहाना था।

गज़ल (वेश्या)

हराम का नहीं है पैसा जिंदगी नीलाम करते हैं
वो आकर मेरे आशियाने पर मुझे सलाम करते हैं।

इन हवस के दरिंदों से बेटियाँ महफूज हो जाएं
इसीलिए जिस्म का धंधा हम खुलेआम करते हैं।

वेश्या की जुंबा पर शरीफों का नाम आया तो होश उड़ गए
जो हर रात तवायफ के बिस्तर पर आराम करते हैं।

आधी रात को आए थे शरीफों के शहर से बरखुरदार
जिनकी मेहमान नवाजी में मदिरा का इंतजाम करते हैं।

जरा निगाहों को काबू में रख लो जो जिस्म के शौकीन हैं
वही शख्स तवायफ की बाली उम्र को बदनाम करते हैं।

मैं बीज था

मेरे बीज में
समाया हुआ है
स्त्री पुरुष का पुरुषार्थ,
उस अंकुरित
उपजाऊ रत्नगर्भा को
नमन करता हूँ।
जहाँ मेरा
आकार विस्तृत
होने के लिए,
मेरे नवनिर्माण में
पानी खाद सहायक बने।
उस रत्नगर्भा में थी
दिव्य शक्ति
जो नौ महीने बीज को
समुद्र से गहरी कोशिकाओं के बीच
उस बीज का प्रारंभ हो रहा था
जन शून्य सागर में गोता लगाने के लिए।
समय के साथ
अंकुरित हुआ
नन्हा सा पौधा
मृदु सी थी कलेवर की चमड़ी
शायद यही था वो पौधा
जिसे हम नर/नार कहते हैं।

मनी चतुर्वेदी शर्मा

पति : श्री अमित शर्मा

जन्मतिथि : 05 मई 1982

शिक्षा : एम.ए, एम.बी.ए

सम्प्रति : परामर्श केंद्र प्रमुख हरियाणा प्रांत और महिला मंडल प्रमुख

साहित्यिक उपलब्धियाँ : विभिन्न मंचों पर कविता पाठ, अंतर्राष्ट्रीय महिला सम्मान से सम्मानित, साहित्य और समाज सेवा के क्षेत्र में अनेकों बार पुरस्कृत, ज्वलंत मुद्दों पर लेखन कार्य।

अन्य गतिविधियाँ : बिहेवियरल काउंसलिंग के साथ साथ फ्री लॉन्स सोशल वर्क में सक्रियता, ग़रीब परिवार को मेडिकल सुविधाएं प्रदान करना।

पता : गोल्फ कोर्स, क्सटेंशन रोड, गुरूग्राम-122001

इमेल : successtaurus@gmail.com

जमाना

मुद्दतों बाद आज वो गुजरा जमाना याद आया है
बहुत अर्से के बाद मन को कोई राज़ आया है।

बड़ा महफ़ूज़ रक्खा था अपना ये दिल अभी तक तो
ना जाने आज क्यों ये भी कुछ कुछ डगमगाया है।

फकत गर प्यार होता तो इसे समझा भी लेते हम
मगर जब गौर से देखा तो ये नफरतों का साया है।

कौन कहता है सिर्फ इजहार से ही प्यार बढ़ता है
ये तो मसला ही जज्बातों को दबाने से गहराया है।

बड़े खामोश लब थे और हम भी गुमसुम कम ना थे
तोड़ देने को ये चुप्पी आज तो मन ललचाया है।

किसी मन्नत से कम ना था हमारा एक हो जाना
साथ आओ कि अब तो खुदा भी याद आया है।

माना कि तुम भी कुछ मजबूर कम ना थे
बोझ वफ़ा का हमने तो अब तलक उठाया है।

भुला देते तुमको और दफ्न कर देते इश्क को
पर क्या करें यादों ने भी खूब साथ निभाया है।

मुद्दतों बाद आज वो गुजरा जमाना याद आया है
बहुत अर्से के बाद मन को कोई रास़ आया है।

जिंदगी का सफर

अजीब कश्मकश में चले जा रहा है जिंदगी का सफर
साँसें भी मानो किसी का इंतजार कर रही हों जैसे।

रूठती मनाती ख्वाहिशें कभी तो साथ छोड़ देती हैं
प्यार से सहलाओ तो लिपटती हैं प्रेमिका हो जैसे।

मशगूल रखते हैं कि दिल को ख्याल ना उनका आए
कमबख्त आह भी भरता है उनका कर्जदार हो जैसे।

मीलों का सफर तय कर लिया तब आज ये जान पाए हम
मकान मालिक वो रूह के और हम किराएदार हों जैसे।

या खुदा अब तो बख्श दे मेरे नाफरमाए गुनाहों को
ईद भी कट रही हैं नामुक्कमल सजा के जैसे।

जुनून ए आशिकी का तो आलम ही ना पूछिए
चाँद भी निकले तो लगे दीदार ए सनम हो जैसे।

खता तो ना उसकी थी ना जुल्म ही था हमारा
हर शब्द दिल को चुभता उसका कोई सितम हो जैसे।

बड़ी हसरत थी आशियाना उनके साथ बसाने की
साथ छोड़कर गए वो मानो कोई लापता हो जैसे।

अजीब कश्मकश में चले जा रहा है जिंदगी का सफर
साँसें भी मानो किसी का इंतजार कर रही हों जैसे।

कौन तुझे रोके टोके

कौन तुझे रोके टोके, गर ठान ले तू आगे बढ़ने की,
हर कठिनाई भी छोटी लगे, गर सोच ले तू कुछ करने की।

तिनकों सी उड़ा दे, हर नागवार बात भी तू,
अपने शब्दों पर भी हो, जब गुमान तुझे।

चींटी सी रौंदती जाती, हर मुश्किल को तू
सितमगर जहाँ भी लगे, खुला आसमां तुझे।

यूँ मस्ती में झूमे, मदमस्त गजराज सी तू,
चहकती देखें तो बोलें, सब कोयल ही तुझे।

सिंह गर्जना सी लगती, कभी बातें तो तेरी,
माँ दुर्गा का साक्षात, स्वरूप ही पुकारें तुझे।

बेबस बेचारी बेसहारा, कहने वाले भी कभी
रौद्र रूप देख, नतमस्तक हो करें प्रणाम तुझे।

पाखंड और खोखले, आडंबर के इस दलदल में,
सहजता और सच्चाई के कारण, पूजें वो तुझे।

नोचते खसोटते जब, अपने ही इज्जत हों,
वहां सौंपी जाए, चारित्रिक वर्णन की कमान तुझे।

हजारों जख्म देकर, जमाने का मन नहीं भरा,
धैर्य और प्रेम की प्रतिमूर्ति, बोलते हैं वो तुझे।

कौन तुझे रोके टोके, गर ठान ले तू आगे बढ़ने की,
हर कठिनाई भी छोटी लगे, गर सोच ले तू कुछ करने की।

संगीता गोयल

पिता : (स्व) बी0 डी0 बंसल

माता : (स्व) बिमला बंसल

पति : (स्व) एच के गोयल

प्रकाशित संकलन : 6 से अधिक साझा संकलन में कविताएँ, ग़ज़लें प्रकाशित।

विधा : कविता, मुक्तक, ग़ज़लें, कत्आ, छंद, दोहे, लघुकथाएं, कथाएं इत्यादि।

सम्मान : रेडियो स्टेशन पर कविता पाठ, टीवी पर कविता पाठ। कई सम्मानित मंचों पर काव्यपाठ। अनेकों मंच द्वारा सम्मानित, तथा अनेक सम्मानों से अलंकृत। बिमला काव्य मंच की अध्यक्ष

पता : नोयडा, एनसीआर

ईमेल : sangita341@gmail.com

ग़ज़ल

जख्म दिल के अंदर का गहरा बहुत है
मगर अब हमें ये तो भाता बहुत है।

करें फिक्र क्यूँ हम यहाँ जिंदगी की
खुदा सब्र हमको तो देता बहुत है।

सियासत के मसले तो मसले रहेंगे
ये कानून अंधा और बहरा बहुत है।

लिखी है जो तहरीर दिल पे हमारे
यूँ बरबादियों से भी नाता बहुत है।

अमीरों की थाली में पकवान सौ सौ
गरीबों को दो ही निवाला बहुत है।

न सपनों में आना न दिल में समाना
लगा है जो नींदों पे पहरा बहुत है।

तजुर्बा सिखाये बहुत गीत हमको
यूँ अपनों में गैरों का मेला बहुत है।

ग़ज़ल

नजर से तीर जो खाया हुआ है
उसी जानिब ये दिल आया हुआ है।

भुलाने की जिसे कोशिश करी थी
उसी का अक्स क्यूँ छाया हुआ है।

खयालों में रहे उसके सदा हम
उसी को जेहन में बिठाया हुआ है।

अकेले चल दिया जाने कहाँ अब
जमाने से ये उकताया हुआ है।

ये दुनिया जीती अपनी ही खुदी में
हर एक बंदा ये बौराया हुआ है।

खतरे में लोकतंत्र

जो गला फाड़ चिल्लाते हैं
खामखाँ के लोग सिर्फ
अपना ही बिगुल बजाते हैं।

पीढ़ी दर पीढ़ी लूटा जिसने
देश की जनता को
बैठ के वो अंदर ही अंदर
खूब मलाई खाते हैं।।

लूट लूट के खाते रहे
हरदम जनता का ये माल
ऐसों ने ही कर दिया देश का
बहुत बुरा सा हाल।।

रोज नए नए टंटे लेकर
करते रहते हैं बवाल
जेलों में बैठा कर इनको
पूछो इनसे सवाल।।

बोरिया बिस्तर उठाके
इनका फेकों अब बाहर
देश में रहके खाए पिये
मौज करें,
फिर भी भरती न इनकी गागर।

नमक भारत का खाते
यारी किसी और से
ये पीर नहीं भारत माता के
ये पीर है किसी और के।

स्वच्छता अभियान चलाके
गंदगी को मिल साफ करें
मिटाए मिलकर ऐसों को
जो भारत माँ पे वार करे।।

चलो हाथ से हाथ मिला
इन्हें बाहर का रास्ता दिखाते हैं
पकड़ पकड़ कर सब गद्दारों को
दुनिया से ही उठाते हैं।।

गोमती सिंह

पति : श्रीमान दुर्गा सिंह चंदेल (एस ई सी एल कर्मचारी)

जन्मतिथि : 12 जून 1971

शिक्षा : बी . ए . प्रथम वर्ष

सम्प्रति : गृहणी, लेखन

साहित्यिक एवं अन्य अभिरुचि : बचपन से साहित्य में रुचि थी किन्तु अनेक परिस्थितियों के कारण शिक्षा से वंचित होना पड़ा। इनकी कविताओं का मुख्य विषय नारी की पीड़ा होता है, यह करुण और वीर रस पर कविता लिखती हैं। ये अपनी कविताओं के माध्यम से समाज में परिवर्तन लाना चाहती हैं।

पता : कुसमुण्डा, विकास नगर कालोनी, जिला- कोरबा, छत्तीसगढ़

राम जी की विरह वेदना

वन के एक एक पत्तों से पूछ रहे हैं श्री राम,
कहाँ गईं मेरी जनक दुलारी।
क्या किसी को है अनुमान?
बोलो बोलो हे खगवृंद बोलो
बोलो हिरणीं प्यारी,
तुमही बोलो फूलों की भ्रमरी।
कहाँ गईं मेरी जनक दुलारी ।
कृश तन और व्याकुल मन से
पूछ रहे हैं श्री राम।
कहाँ गईं मेरी जनक दुलारी।
क्या किसी को है कुछ भान।
कहा विरंचि ने कातर स्वर में ऐ विधाता ।
तू ही बता तू ले ले मेरे प्राण
कहाँ गईं मेरी जनक दुलारी।
कुछ तो तू बतला अनुमान।
सब को राह दिखाने वाले,
आज पथ से हैं अंजान
कहाँ गईं उनकी जनक दुलारी ।
कोई कुछ बतलाऐ अनुमान।
लेखनी पूछे लेखिका से-
क्या इनके दुख का नहीं निदान।
कहाँ गईं उनकी जनक दुलारी।
तू ही कुछ लिख दे अनुमान।

सृष्टि नियंता को राह दिखाऊँ,
ऐसा नहीं मुझे पथ पहिचान ।
तिनके की आहट सुनते हैं वो ।
क्या उनकों नहीं सीताजी का ज्ञान ।
कहाँ गई उनकी जनक दुलारी ।
उनकों है सबकुछ अनुमान।
जग को राह दिखाने आऐ
करनें को जग की कल्याण,
पुरुषोत्तम हैं वो इस धरा के,
नहीं उनके जैसा कोई महान।

मेरी माँ

ऐ माँ ! मैं तुझ पर कुछ लिखना चाह रही हूँ
मगर मेरी लेखनी है नहीं चलती,
तेरी नींद से तड़पती आँखों को
भला किन शब्दों से बयाँ करती।

भोजन पात्र की आखिरी थाली से दो कौर खिला देती,
हम बच्चे तो अघा जाते मगर तू भूखी रह जाती।

तेरी इस ममता को बयाँ करनें को शब्द नहीं मेरी लेखनी में,
इतना कहूँगी ऐ माँ ! अमर रहेगी तू इस धरती में।

नीड़ की पंछी

नीड़ की ऐसी पंछी है तू,
पर लगते ही उड़जाती है,
पर लगते परवाज को जब आकाश उन्हें मिल जाता है,
धरा तुम्हारी गगन तुम्हारा ये उसको समझाया जाता है,
सूर्य अस्त होने से पहले नीड़ में वापस आ जाना
ये सबक उसे दिया जाता है,
कैसे समझाऊँ तुम्हे ये बात लाड़ली तू ऐसी परवाज है,
पर लगेगी जिस दिन तुमको फिर शाम कभी न आने पाए
फिर शाम कभी न आने पाए।

जिंदगी

सुख-दुःख से लड़कर, मुकाम पाती है जिंदगी।
संघर्षों की लहरों में, हिचकोले खाती है जिंदगी।
यश-अपयश की आँधी से जूझती रहती है जिंदगी ।
सफलता-असफलता की तटो से टकराती रहती है जिंदगी।
फिर से इसे ठुकराना नहीं ,बड़ी अनमोल होती है जिंदगी।
जीवन पथ पर कदम रख आगे बढ़ना सिखाती है जिंदगी।

तरुलिका सिंह

पिता : राजेश कुमार सिंह

जन्मतिथि : 11 अप्रैल 2000

शिक्षा : बी. एस. सी तृतीय वर्ष

साहित्यिक उपलब्धियाँ : “अलकनंदा” साझा काव्य संग्रह में प्रकाशित कवितायें, तीन उपन्यास लिख चुकी हैं, मुख्यतः श्रृंगार रस की लेखिका हैं, अनेक विभिन्न सामाजिक कार्यो में इनकी सक्रियता रहती है।

पता : नेहरू नगर चौराहा, न्यू कालोनी देवरिया-274001

इमेल : taru lsingh001@gmail.com

कौन कहता है कलम बेजान होती है?

कौन कहता है कलम बेजान होती है?
शायरों की बस यही पहचान होती है।
वक्त की हवा में जब बुझने लगती है शमा,
स्वयं जलकर कलम तब कुर्बान होती है।
कौन कहता है कलम बेजान होती है?

कभी बनती है किसी दुल्हन का सिंदूर
तो कभी किसी बेवा का खोया नूर
होती है कभी ये आस्तिक़-नास्तिक का प्रमाण
तो कभी होती है हजार प्रयत्नों का परिणाम
बंद कमरे में पड़ी कुछ ख्वाइशें,
ये कुछ टूटे दिलों का अरमान होती है,
कौन कहता है कलम बेजान होती है?

अरे, ये इश्क है राधा का
है ये मीरा की इबादत
शाहजहाँ के ताज की मुमताज
बनाती यही मोहब्बत को सबका उस्ताद
हां ये आशिकों की दास्तान होती है
कौन कहता है कलम बेजान होती है?

सड़क पे पड़ी निर्भया की चीख
नौ से पाँच के बाद की वो करवटी नींद
मौसम की वो बरसाती नाव
और गाँव के पीपल की ठंडी छाँव
गुब्बारे को तकते उस बच्चे की मुस्कान होती है
ईसा-अल्लाह-राम के लिए उसकी फरमान होती है
कौन कहता है कलम बेजान होती है?

तुम याद आते हो

रही अकेली ही हूँ हमेशा से
तनहाई के आलम में जब चाहत सहारे की होती
तब तुम याद आते हो..
भरी महफ़िल में जब ढूँढती हैं नजरें तुम्हें
जब यूँ ही कहते कहते चुप हो जाती हूँ मैं
तब तुम याद आते हो..
नींद में जागते जब सो जाती हूँ
सोए हुए रातों को जब जाग जाती हूँ
तब तुम याद आते हो..
मुझमें मेरे रब से बसे हो तुम
इबादतों में जब कोई नाम ले लेती हूँ
तब तुम याद आते हो..
लिखने को कुछ भी, कभी भी लिख लूं मैं
लिखते लिखते जब रुक जाती हूँ
तब तुम याद आते हो..
हाँ तुम याद आते हो
जब क्षितिज के करीब होते हैं जज़्बात मेरे
जब चौखट पर होती हैं आवाज़ मेरे
जब ओझल होती नजारों के बीच दिखता है चेहरा तेरा
जब बेचैनी पर दिल देता है पहरा मेरा
जब टूट के भी टूट ना पाती हूँ मैं
तेरे करीब होकर भी दूर जाती हूँ मैं
जब कह नहीं पाती कि काश तुम मेरे ही रह जाते
जब आदतन निभाने पड़ते हैं टूटे फूटे वादे
जब मुझे अपना बनाने से कतराते हो
हाँ तुम याद आते हो..

बड़े हो गए

मुरझायी सी लगती हैं बारिश की बूँदें अब तो,
रास्तों की नमी से पूछो तो कहती हैं-
“बड़े हो गए कागज की कश्तियाँ बनाने वाले
हजारों की तादाद में मुस्कुराने वाले
मुझमें खोने औ' मेरा इंतजार करने वाले
बड़े हो गए शायद कागज की कश्तियाँ बनाने वाले... ”

वीराने से लगते है बगीचे अब तो,
पुराने पेड़ों से पूछो तो कहते हैं-
“बड़े हो गए झूले बनाने वाले
साँझ तक मेरे पास खिलखिलाने वाले
मुझमें छिपने औ' मुझे बचाने वाले
बड़े हो गए शायद झूले बनाने वाले ...”

उदास रहते हैं गली और मोहल्ले अब तो,
गाँव की सड़कों से पूछो तो कहती हैं-
“बड़े हो गए हमें हँसाने वाले
तारों की छाँव में ख्वाब सजाने वाले
दादी-नानी की कहानियां सुन सोने वाले
दूर हो गए कभी ना मुझसे दूर जाने वाले
बड़े हो गए शायद हमें हँसाने वाले ...”

श्रेय गौड़

पिता : श्री गिरधर गोपाल गौड़

जन्म तिथि : 01 नवम्बर 1996

शिक्षा : डीएलएड, हापुड़ डायट, यूनाइटेड कॉलेज इलाहाबाद बीटेक (मेकनिकल इंजीनियरिंग)

प्रकाशित रचनाएँ : इश्क-ए-नग्मा एवं अलकनंदा पुस्तक के साझा संकलन में प्रकाशित रचनायें।

साहित्यिक एवं अन्य अभिरुचि : श्रेयजी इस संकलन के सह संपादक हैं। इन्हें कविता लिखने और पढ़ने का शौक़ बचपन से है, यह लेखक के साथ साथ एक समाज सेवक भी हैं और अपने और अन्य शहर में अनेकों सामाजिक कार्यों को समय समय पर करते हैं।

स्थाई पता : देवरिया, उत्तर प्रदेश

वर्तमान पता : डाइट, हापुड़, ग़ाज़ियाबाद

ईमेल : shreygaur01@gmail.com

जब होगी मेरी मुलाकात इश्क से

होगी मुलाकात मेरी भी किसी दिन इश्क से,
और पूछूँगा मैं कुछ बेतुके सवाल उस से
ख्वाबों से लेकर हकीकत तक की हर एक आरजू,
हर एक जुस्तजू, बयाँ करुँगा मैं उससे,
बताऊँगा उसको की कैसे,
बिन मिले, बिन बातें किए,
बुन देता था किस्से उसकी खूबसूरती पर
दिखाऊँगा उसे वो सारे खत,
जो लिखे थे मैनें उसके नाम पर,
बिन पते के छिपा कर रखे हैं अपने पास में,
बताऊँगा उसे किस्से अपने अकेलेपन के भी,
जिसमें हर पल मैं महसूस करता था, संग में उसको ही,
बताऊँगा उसे अपने हर एक जख्म की कहानी,
कुछ जिदंगी तो कुछ उसकी यादों की कारस्तानी,
उससे उसकी जिदंगी के बारे में पूछूँगा मिलूँगा जब
उसकी हर एक आरजू पर एतबार करूँगा मिलूँगा जब
मिलूंगा जब तो सब कुछ लुटा दूँगा, खुद का उस पर
और मै कह दूँगा बेहिचक, बन जा तू मेरी हमसफर ।

मैं तुमको ही तो लिखा करता हूँ

एक खत तुमको मैं हर रोज लिखता हूँ
बेनाम और बिन पता उसे अपने पास रखता हूँ,

उसमें मैं तुम्हें तुमसे ही मागां करता हूँ
हर एक बातों पर तुमसे सलाह करता हूँ,
हर दिन की बातों को तुम्हें बताया करता हूँ,
बेशक मिला नहीं मैं अब तक तुमसे, फिर भी
मैं तुमको ही, मै तुमको ही लिखा करता हूँ।

हर एक खत में, तुमसे मिलने का पता पूछा करता हूँ
इश्क और हवस पर मै घंटों ही लिखा करता हूँ,
तुमको सोच, मुस्कुराहटों का सैलाब लिए लिखता हूँ,
हर एक खतों में तुम पर ही एतबार फरमाता हूँ,
हर एक गलतियों पर तुमसे खुद को डाटं लगवाया करता हूँ,
बेशक मिला नहीं मैं अब तक तुमसे,
पर मैं तुमको ही तो लिखा करता हूँ।

ख्बावों में एक बनाया है अक्स तुम्हारा,
हर पल वही हकीकत मैं ढूँढता फिरता हूँ,
वही आँखें, वहीं हया, वहीं कसक, वहीं भोलापन,
वही अंजुमन को समेटे, एक अलग तरह की खूबसूरती लिए,
हर कदम पर हाथ थामें, ताकत का नया रुप बन,
मुझे मुझसे मिला देंने वाली तुम,
बेशक मिला नहीं मैं अब तक तुमसे,
पर मैं तुमको ही तो लिखा करता हूँ।

कविताओं में, कहानियों में,
शायरी के हर एक अल्फ़ाज़ो में,

उठते, जागते, घूमते, फिरते,
उत्साह में, हताशा में,
खुशियों के सागर में, गमों के मौसम में,
हर पल, तुमको ही तो साथ महसूस करता हूँ
बेशक मिला नहीं अब तक मैं तुमसे,
पर मैं तुमको ही तो लिखा करता हूँ।

मैं इश्क लिखता रहूँगा

मैं इश्क लिखता रहूँगा,
तुम ख्वाब बुनते रहना।

मैं वफ़ा के तराने पढूँगा,
तुम इकरार करते रहना।

मैं हुस्न का जिक्र करुँगा,
तुम दिल पर मरते रहना।

मैं आसमाँ से जलता रहूँगा,
तुम मेरी चाँद बनते रहना।

मैं गुलदान बन रहूँगा,
तुम फूल बन कर रहना।

मैं किताबों पर दिल बनाते रहूँगा,
तुम उसमें अपना नाम लिखते रहना।

मैं “श्रेय” तुम पर मरता रहूँगा,
और तुम मुझे खुद में जिंदा रखना।।

आकाश गंगवार

पिता : श्री अहिवरन गंगवार

जन्म तिथि : 25 जुलाई 1996

शिक्षा : बी. एस. सी., बी.टी.सी. डाइट

सम्प्रति : पी.ए.सी उत्तर प्रदेश में कार्यरत

साहित्यिक एवं अन्य अभिरुचि : लिखने का मुख्य विषय भावनात्मक कविता होती है। ये अपनी कविता को अपने परिवार को समर्पित करते है इनकी रचना डाइट की वार्षिकी पत्रिका में छप चुकी है।

पता : जिला, बरेली उत्तर प्रदेश

ईमेल : akash.gangwar.585@gmail.com

कुछ पल मेरे पास बैठ जाओ न माँ

कुछ पल मेरे पास बैठ जाओ न माँ
मेरे सर को गोद में रखकर सहलाओ न माँ
आपके बिन अक्सर जाग के गुजरती हैं रातें मेरी,
आज फिर कोई लोरी गा के मुझे सुलाओ न माँ

ये ज़िन्दगी का कारवां, यूँ ही हँसकर गुजार दो
जो कोई हो कमजोर, तो हौसला बेशुमार दो
ऐ दोस्तों ये जिन्दगी बहुत मुख्तसर सी है
कुछ हँस के गुजार दो, कुछ हँसा के गुज़ार दो।

बस यही तो ज़िन्दगी का सार है,
ये जीवन की इच्छाओं का बाज़ार है।
खोजते है खुशियाँ आने वाले कल में,
गर देखो आज में तो खुशियाँ हज़ार हैं।

तेरी गोद में सर रखने को, आकाश रात भर जागा है,
जो ना समझे माँ कि ममता, वो सबसे बड़ा अभागा है।
तेरी ममता के आँचल ने माँ, जीवन ये स्वर्ग बनाया है,
जबसे तुझसे मै दूर हुआ, सुख चैन कहीं नहीं पाया है।

ओ नभ में उड़ने वालों, जरा धरती पर आओं,
अपनी पुरानी सरल-सादगी, फिर से अपनाओ।
किस बात का है गुरूर, जरा हमें भी तो बताओ,
लोग तुम्हें भी याद करे, कुछ ऐसा कर के जाओ।

बेटी भी पढ़ानी होगी

सुनी है हमने जमाने की एक कहानी,
जन्म लिया जो बेटी का यही है उसकी नादानी,
समाज की यह अजीब सी विडम्बना है
हर बात में दोषी पाई जाती है बेटी हमारी।
घर घर जाकर यह बात हमें समझानी होगी।
गर चाहते हो भला तो बेटी भी पढ़ानी होगी।

बचपन की गुड़िया बंदिशों में जाने कब बड़ी हो जाती
बेटी से पत्नी और मां से दादी नानी कब बन जाती
सारे रिश्तों को निभाने में वह अपनी जान लगाती
फिर अत्याचार करते हुए क्यों शर्म तुम्हें नहीं आती
सारे लोगों को यह गलती महसूस करानी होगी
गर चाहते हो समाज का भला तो बेटी भी पढ़ानी होगी।

पापा की खुशियों की खातिर उसने अपना सपना ठुकराया है
जब बने किसी की पत्नी तो बनती उसका साया है
मां बन कर के जिसने लाखों जीवन को बचाया है
सभी की खुशियों की खातिर अपने गमों को भूलाया है
हमें यह कहानी सभी जन को सुनानी होगी
गर चाहते हो समाज का भला तो बेटी भी पढ़ानी होगी।

हर कोई कहता है कि तेरी मुस्कान प्यारी है
फिर उस मुस्कान से क्यों जलती दुनिया सारी है

औरों की मदद करने की उसकी हर वक्त तैयारी है
औरों का दुख समझने की क्या उसकी जिम्मेदारी है
लोगों की जिम्मेदारी लोगों को अब समझानी होगी
गर चाहते हो समाज का भला तो बेटी भी पढ़ानी होगी।

मेरे पिताजी

हे पितामहः, मैं आपका बालक आपकी चरण वंदना करता हूँ,
अपने शुभ दिन के लिए नित आपके चरणों में शीश झुकाता हूँ,
जब कभी भी मुसीबत टूट पड़े तो आपको पास मैं पाता हूँ,
आप मेरे आदर्श हो यही बात मैं सभी को बतलाता हूँ।

हमारी खुशियों की खातिर आप कितने कष्ट उठाते हैं
आँख हमारी न छलके इसलिए अपने गमों को छुपाते हैं
अपना सुकूं खोकर भी आप हर वक़्त ही मुस्कुराते है
अपने अंतर्मन में मैं आपके ही गुणों को गाता हूँ
आप मेरे आदर्श हो यही बात मै सभी को बतलाता हूँ।

मेरे सारे टूटे सपनों को बस आप ही पूरा करते हैं
कहींकमी न रह जाये हर संभव कोशिश करते है
दुःख-सुख कि धूप में आप ही बस छाया बनते हैं
हम सभी हमेशा फूले-फले रोज दुआ यह करते हैं
आपकी महानता का गुणगान ये मैंने गाया है
आप मेरे आदर्श हो ये सच मैंने सभी को बताया है।

श्वेता मिश्रा

पिता : श्री बालेन्द्र भूषण मिश्र

जन्मतिथि :15 अप्रैल 1996

शिक्षा : परास्नातक (इलाहाबाद विश्वविद्यालय से)

साहित्यिक उपलब्धियाँ : 2017 से लिखना शुरू किया । मुख्यतः शृंगार रस कि कवयित्री । 2014-2016 तक राष्ट्रीय सेवा योजना चित्रकूट का हिस्सा रह चुकी हैं।

पता : मऊ, मऊ चित्रकूट, उत्तर प्रदेश

इमेल : mishrashweta615@gmail.com

उसका जाना

उसका बिछड़ना
उसका जाना
यूँ हुआ
जैसे....
बसंत की बहार
सावन में बारिश की फुहार
सर्दी की चाय में अदरक न होना
माघ की
मस्त तीखी धूप कड़क
वो कवि के मनोभाव
किसी शायर के
छिपे घाव का न होना
नायिका के अधरों की
चासनी
पूरनमासी की रौशनी
का न होना।

इक तेरा नाम

बागबां को मेरे महकाना
इक तेरा काम,
इत्र सा महकता इक तेरा नाम।
मुस्कुराता हर लफ़्ज़

तेरे मेरे बीच में
बर्फ सा पिघलता
हर एहसास तेरे मेरे बीच में
तेरी मेरी अनकही रुबाइयाँ
इत्र सा महकता इक तेरा नाम।
गैल मदिरालय सा
झूमते रास्ते तेरे मेरे बीच में अशर्फियों के मोल फीके
आगे इनके जो मेल तेरे मेरे बीच में
गहराई नजरों की मेरी
उनसे छलकता इक तेरा ज़ाम
इत्र सा महकता इक तेरा नाम बरसते आषाढ़ सा सोंधापन
तेरे मेरे बीच में
गरजते बादलों सी धमक
लरजते कदम मेरे फिसलती धरा पर
संभाले उसे इक तेरा गाम
इत्र सा महकता इक तेरा नाम।

बंदिशें

ध्यान उसने फिर मेरा,
कुछ यूँ बटाना ठीक समझा
बस रही थी मैं ही उसमें, वो
नजरें झुकाना ठीक समझा।

हट न जाऊँ लीक से मैं
तो इश्क़ ही मुझसे नहीं,
वो ये बहाना ठीक समझा।

बात से ही बात
बढ़ रही थी दिल में मेरे
हद से आगे बढ़ न जाऊँ,
वो गुस्सा जताना ठीक समझा।

एक उसका दिल है ऐसा
खुद ही उसने मेरे खातिर,
वो हर जज़्बात छुपाना ठीक समझा।

डिजिटल होम

घर के अंदर ही घर कहीं गुम हो गया है
म्यूजियम हो गया है
जीवंत पुतलों का
पुतले यूँ तो हाड़ मास के पर कमी हो गयी जुबां की
अब नहीं माँ की लोरियाँ
अब नहीं बचकानी किलकारियाँ अब नहीं पिता की डाट डपट
अब नहीं भाभी की हठखेलियाँ अब है
प्रसाधनों की हर दराज
शब्द भी अब सूम हो गया है
घर के अंदर ही घर कहीं गुम हो गया है।

आकाँक्षा शर्मा

पति : ब्रिजेश विश्वकर्मा

जन्मतिथि : 02 जुलाई 1987

शिक्षा : परास्नातक (समाज कार्य)

सम्प्रति : परिवीक्षा अधिकारी-कल्याण अधिकारी।

लेखन क्षेत्र : कहानी, ग़ज़ल शेर, नज़्म, लेख, विचार विमर्श इत्यादि।

साहित्यिक एवं अन्य उपलब्धियाँ : लिखने का शौक़ बचपन से, द्वितीय पुरुस्कार से सम्मानित, राष्ट्रीय स्तर पे वाद विवाद, लेखन कार्य, नाट्य मंचन इत्यादि में पुरस्कृत, समाज सेविका। अनेक मंचों पर कविता पाठ।

पता : मुखर्जी नगर, नई दिल्ली-110054

ईमेल : akankshasharma289@gmail.com

दिल-ए-नादान की ख्वाहिश

सोचा चलो आज उनकी आँखों को,
एक शेर नजर करते हैं,
चलो उनके हसीं लबों पर

एक खूबसूरत सी ग़ज़ल लिखते हैं,
उनके इस मरमरी से ज़िस्म को
उनवान-ए-मुहब्बत में तब्दील करते हैं।
मगर जब रोशनाई उठायी तुझे लिखने को,
मेरे दिल ने कुछ यूँ डपट कर कहा मुझसे,

जो खुद दीवान -ए-मुहब्बत हो
उसे ल्फजों की शक्ल मे उतारने की गुस्ताखी किया नहीं करते
मुजास्सिम-ए-मौहब्बत को हाथ से छूकर
कभी मैला किया नहीं करते
ज़िसकी जगह मखसूस हैँ इबादतगाह मे
ऐसे खुदा- ए- इश्क को सुन ए नाचीज
हसरतों की ख्वाबगाह मे कैद किया नहीं करते
तू तो ठहरा बुतपरस्त तुझे मालूम की कंहा
अदब- ए-मौहब्बत के सलीके,
सर को क़ही भी यूँ बन्दगी में खम किया नहीं करते।

कभी सोचा है

सबके दामन में खुशियाँ भरने वाला,
वो शख्स खुशी के इक-इक,
लम्हें को कितना तरसा होगा
आज सब खड़े हैं उसके ज़नाजे
पर मातम करने,

कभी किसी के इक पल की
कुर्ब को कितना तड़पा होगा
आज उसकी कब्र पर खुशबू ही
खुशबू बिखरी है हर सूँ
कभी किसी मखसूस खुशबू
की खातिर ताजिन्दगी तरसा होगा

आज जर्रा-जर्रा कर रहा है
उसका खैरमकदम,
कभी अपने ही घर मे अजनबियों
की तरह रहा होगा वो
वो जो सबसे मिलता था बड़े
तपाक से कहकहों के साथ,
कभी सोचा है तन्हा शब भर
कितना रोया होगा वो
वो ज़िसे ख्वाहिश थी
एक हमसफर की
नयी मजिलों के सफर में,
वो अकेला भला कैसे
सफर ए अंजान पर निकला होगा
आज खल्कते शहर में हैं
उसका ही चर्चा हर तरफ,
ताउम्र हर इक से अपना ज़िक्र
सुनने को कितना मचला होगा वो
आज हर कोई है उसकी ही तलब
में,
कुछ एहसास है इस पल का
कितना मुन्तजिर रहा होगा वो

आज वो है मनों मिट्टी के ढ़ेर तले,
हर तरफ हैं लोगों का हुजूम महज
उसके लिये

मगर कभी सोचा है हर इक से
शनाशा वो शख्स,
दरहकीकत कितना तन्हा
रहा होगा
आज हर कोई है उसको
पाने की जुस्तजु में ही,
और हर दिल में है फ़कत
उसकी ही ख्वाहिश,
मगर किसी खास के ल्मस को,
कभी वो कितना बेकल रहा होगा
कितना अजीब रहा होगा ना खुद
से
खुद तक का सफर
जब वो तन्हा मुहब्बत की
गलियों से बारहा गुजरा होगा
वो जिसने लुटाई थीं हर
एक पे पुरखुलूस मुहब्बतें
खुद इक अब्र ए मुहब्बत
के लिये किस कदर तरसा होगा
आज पूछते है सभी क्यूँ
तोड़ा किसने तोड़ा,
जब टूट के बिखरा, तो सभी
चल पडे है बन के मसीहा
टूटने जुड़ने ओर फिर जुड के
टूटने की, इस सारी कवायद मे

हर सफहा किस कदर
बिखरा होगा वो
कुछ तुमको खबर भी है की,
जीने की ख्वाहिश में किस
तरह हर पल
जान से गुजरा होगा वो
ज़िन्दगी के लिये, ज़िन्दगी से,
ही ज़िन्दगी भर लडा होगा वो

अब तक है

तेरे गर्म नर्म होंठों का लम्स है अब तक मेरे होठों पर
वो जो तेरी निगाहों ने छुआ था मुझे
वो एहसास अब तक है मुझ पर
तू जा चुका मगर
वो कुर्बतों की महक अब तक तारी है मुझ पर
पी तो नहीं थीं मय मैंने
मगर तूने जो आँखों से पिलाई वो खुमारी अब तक है मुझ पर
तेरे हाथों मे जो मेरा हाथ था
उस रहगुजर पे तेरा साथ था
हम निकल चुके उस मोड़ से मगर दिल
अटका है अब भी वहीं उसी मोड़ पर
सुन मेरे हमनशीं इक वायदा कर
जो भी पल कुर्बतों के मयस्सर हों
वो ख्वाब-ख्वाब से लम्हे हों
लम्हों में सदियां और सदियों में ज़िन्दगी हो
इक ऐसी मुझे कैद दे
ज़िसमे ना कोई रिहाई हो
मैं तुझमें हूँ तू मुझमें हो
ना फासलों की गुजांइश हो
मेरे हयात ए सफर मुझे कैद दे .....

कृष्णकांत लहगींर

पिता : गजाधर लहगींर

जन्म : 22 अक्टूबर 1997

शिक्षा : स्नातकोत्तर (इतिहास)

प्रकाशित रचना : चिख़ ओर मेज़

साहित्यिक एवं अन्य उपलब्धियाँ : पाँच वर्षों से भारतीय रेड क्रॉस के आजीवन सदस्य। अनेक सामाजिक कार्यों में कार्यरत। अनेक ग़ज़लें प्रकाशित । बचपन से साहित्य में लगाव । कई हिंदी और उर्दू के संस्था से जुड़ाव।

पता : बरगड, ओड़िसा-768028

ईमेल : krishnakantlahangir@gmail.com

इंसान

औरों की जिंदगी से खेलने वाले इतना तो एतबार करके देख
खंजर खूं में दर्द है कितना, कभी तो खुद पे वार करके देख।

अपने दिल के कब्रिस्तान में दफन करके अरमानों को
लम्हा-लम्हा तन्हाई में किसी का इन्तजार करके देख।

तेरे जुनून ने बनाये जोमौत ए सामान वो मिटा देगा जहाँ को
बस एक गोली चैन अमन की तैयार करके देख।

इस तरह नफरत से न देख अपने रूबरू आने वालों को
खुदा के बन्दे समझ तू उनको कभी तो प्यार करके देख।

अपने दर पे तूने इकबाले जुर्म करवाया मासूमों से
जरा ज़मीर के आगे अपने गुनाहों का इज़हार करके देख।

आज भी तेरा इंतजार है

मुझे आज भी तेरा इंतजार है
जब तू नहीं बस मैं ही मैं हूँ
गुलिस्ताँ में रंगत तो नहीं
पर फूल हजार आज भी हैं
रात को सहम के उठ पकड़ना चाहता हूँ हाथ

बस पकड़ने को वह हाथ नहीं है
ग़म तो आज भी हैं लाखों
बस रोने के लिए तेरी ही बाँह नहीं है
लिखता हूँ आज भी नज़्म तेरे लिए मैं
उन्हें पढ़ने के लिए तू नहीं है
चाय का कप तो आज भी पड़ा है मेज़ पर
बस उसमें तेरे लबों की छाप नहीं है
जिन्दा तो आज भी हूँ तेरे बगैर मैं
बस जिस्म ही जिस्म है जान नहीं है।

वादा

एक वादा किया था हमने ऐ खुदा,
तेरे जहाँ में आने से पहले
कर दी जिन्दगी कुरबान अपनी पतंगा बन,
तेरे दर पे चिराग जलाने से पहले
समेट रखा हमने हर वो तिनका आशियाने का,
तेरे समन्दर में सैलाब आने से पहले
सदियों से तेरे हर ग़म सीने में दबाये रखे हमनें,
तेरे बिलख कर आँसू बहाने से पहले
हमने मौत से दोस्ती कर ली खुश होकर,
तेरे जहाँ को अलविदा कहने से पहले
तेरे हर सितम की इबादत की दिल से हमने,
तेरे इनायते रहम हाथ उठाने से पहले

दिल की हर धड़कन में जिक्र तेरा है
हमारा नाम तेरी जुबां पर आने से पहले

आज तो सोने दो

सर्द पड़ी आँखें जर्द शरीर
खाट पर लेटी एक जिंदा लाश़ थी वह
सोच रही थी कौन है वह
एक माँ, बेटी, बहन, पत्नी
या एक नारी
क्या यही उसकी मजबूरी नहीं
सहम उठी वो किवाड़ की खटखटाहट से
अपने पति के कदमों की आहट से
चिल्लाता हुआ वो आया... चल चल
आया है एक सौदागर तुझे खरीदने को
नहीं में नहीं जाऊँगी...
मुझे आज तो सोने दो, मेरे वजूद को आज तो पाक रहने दो
पर वो पति था, मदहोश था अपने गुरूर में
घसीटने लगा उसे पकड़ के उसके बालों से
मारने लगा वह उसे लातों से थप्पड़ों से
और बन्द कर दिया उसने उसे उस अंधेरे कमरे में
जहाँ आज फिर वजूद को नीलाम होना था
आज फिर वो न सो सकी
आज फिर वो न सो सकी..

हर्षिता पाण्डेय

पिता : विजय शंकर पाण्डेय

जन्म तिथि : 07 फरवरी 1999

शिक्षा : बी.एस.सी. अध्यनरत

प्रकाशित रचनाएं : अधूरा मुकम्मल इश्क़, नीर, यादें, हवा (अलकनन्दा), डिलेमा (द ब्लीडिंग पेन)

अन्य अभिरुचि : अनेक मंचों पर कविता पाठ, विभिन्न पत्र-पत्रिकाओं में प्रकाशित रचनायें।

पता : देवरिया, उत्तर प्रदेश

ईमेल : diaryoffeelings7@gmail.com

सपनें

ना चलती बंदिश ना कोई जोर इनपे,
उड़ाते हवा में पर ना कोई शोर इनमें,
हक़ीक़त से कोई वास्ता नहीं,
पर अलग है सुकून इनमें।
सपनों की परिभाषा दे पाना मुश्किल है,
सपनों में जी पाना भी मुश्किल है,
इनकी दास्तां दोहरा कर खुद को खुश कर पाना भी मुश्किल है,
हक़ीक़त में इन्हें लेकर चल पाना भी मुश्किल है।
सपनें हमें दिल की हकीकत से रूबरू कराते हैं,
सपनें हमें अलग ही दुनिया में ले जाते हैं,
पर दुनिया अक्सर उन्हें मार देती है,
हम पँख कटे पंक्षी समान जमीन पर गिर रह जाते हैं।

अधिकार या धिक्कार

औरत को सम्मान मिलेगा,
औरत को अधिकार मिलेगा,
हर युग ने गाथा ये गाई, ,
क्या सच में अधिकार मिला है,
क्या सच में सम्मान मिला है।
एक पुरुष जो शराब है पीता,
बेवड़ा कह लोग बुलाते उसको,
एक औरत जो यही करती है,

बेवड़ी नहीं तवायफ़ कहलाती क्यों?
जनक राज ने अपना वंश,
अपनी पुत्री के नाम किया था,
पर क्या राजा रामचन्द्र ने भी,
उसको वो सम्मान दिया था?
संविधान को गोली मारो,
हर मजहब-हर धर्म है कहता,
विवाह उसकी इच्छा पे निर्भर है करता,
फिर भाई-बाप क्यों लेते फ़ैसला?
तुम इसे अधिकार हो कहते ?
मैं इसे धिक्कार हूँ कहती,
मैं इसे धिक्कार हूँ कहती..

बारिश

हँसाती है बारिश रुलाती है बारिश
मुझे तेरी याद दिलाती है बारिश,
पलकों में आँसू ले आती है बारिश,
होठों पे हँसी खिलाती है बारिश।
कभी अपनों संग बीता लम्हा बनकर
चली आती है बारिश,
कभी प्यार का पैगाम बनकर,
बरस जाती है बारिश।
दिलों की धड़कन बढ़ाती है बारिश,
सपनों में रंग सजाती है बारिश,

मुझे तेरी याद दिलाती है बारिश,
मुझे तेरी याद दिलाती है बारिश।

मिटती तन्हाइयाँ

कभी-कभी बिना महफ़िल के भी तन्हाईयाँ मिट जाती हैं,
रोजमर्रा के कामो में ज़िंदगी बीत जाती है,
कभी घंटों बातें करने की बेक़रारी थी,
अब तो प्यार है या प्यार था ये सोचे बगैर भी नींद आ जाती है,
ऐसा नहीं है कि अब तुम्हारी याद नहीं आती,
हा यह सच है हर रोज नहीं आती,
खो गया है मेरे दिल के अंदर ही
कहीं वो सिलसिला जिसके लिए कभी महीनों तड़पे थे हम,
अब करें भी तो क्या करें,
एक अरसा गुजर गया है,
तेरे लौटने की उम्मीद का जो सिलसिला गुजर गया है।

दिपांशु सिंह

पिता : श्री अनिल सिंह

जन्मतिथि : 15 नवम्बर 1998

शिक्षा : बी.कॉम ऑनर द्वितीय वर्ष

साहित्यिक एवं अन्य अभिरुचि :अनेक कवियों से प्रेरित होकर लिखने की शुरुआत की, और एक उपन्यास भी लिखा चुके है।

पता : रोहित नगर, नरिया, वाराणसी-221005

ईमेल : dipansubajrang@gmail.com

अभी आजाद होना बाकी है

जब वह दिन भर धूप में जलता है...
फिर भी उसका परिवार भूखे सोता है...
तब मैं कहता हूँ...
अभी आजाद होना बाकी है...
जब मैं ठंड में लोगों को ठिठुरते देखता हूँ...
तब मैं कहता हूँ...
अभी आजाद होना बाकी है...
जब वो रात में घर से निकलने में डरती है...
जब हर रोज नयी निर्भया रोड के किनारे मिलती हैं....
जब एफ आई.आर लिखने की जगह उसे टाला जाता है...
तब मैं कहता हूँ...
अभी आजाद होना बाकी है...
जब उसके कपड़ों पर सवाल उठाया जाता है...
जब उसकी आजादी पर रोक लगाई जाती है...
तब मैं कहता हूँ...
अभी आजाद होना बाकी है...
जब कहीं लोग भूखे सो जाते हैं...
और अन्न नालियों में बहाया जाता है...
तब मैं कहता हूँ...
अभी आजाद होना बाकी है...
अभी बदलना बाकी है...
कुछ को समझाना बाकी है...
कुछ को सुधारना बाकी है...

कुछ को सबक सिखाना बाकी है...
क्योंकि अभी आजाद होना बाकी है...

किस्सागो

मैं
अपनी सारी कहानियाँ उसे सुना देता हूँ...
अपनी हर बात उसे बता देता हूँ...
अपने हर राज उसे बता देता हूँ...
अपने हर जख्म उसे दिखा देता हूँ...
जो मैंने...
इस दुनिया से इसलिए छुपा कर रखे थे...
ताकि वह उन्हें कुरेदकर और गहरा ना कर सके...
पर जब वो मेरी बातें, मेरे हर राज, हर कहानियाँ...
हँसते हुए सबको सुना देती है तब...
मुझे खुद पर हँसी आती है या उस पर गुस्सा...
ये समझने में ही मैं दिन गुजार देता हूँ...
फिर अगले दिन...
कुछ नई बातें, कुछ नए राज,
अपने जज्बात उसे फिर से बता देता हूँ...

इंसाफ नहीं मांगेंगे आवाज नहीं उठाएंगे

अपने पूरे परिवार की जान दाँव पर नहीं लगाएंगे...
अब हम...
इंसाफ नहीं मांगेंगे आवाज नहीं उठाएंगे...

वो विधायक है उनसे हम कहाँ लड़ पाएंगे...
इसीलिए हम अब...
इंसाफ नहीं मांगेंगे आवाज नहीं उठाएंगे...

जो भी कोई आवाज उठाएगा...
जो भी कोई विधायक जी पर आरोप लगाएगा..
वो या तो जेल जाएगा...
नहीं तो गलती से ट्रक से टकरा जाएगा...
इसीलिए हम अब...
इंसाफ नहीं मांगेंगे आवाज नहीं उठाएंगे...
अपने घर में चुपचाप बैठ जाएंगे...

विधायक की बुलंद आवाज के आगे...
हमारी आवाज कहाँ सुनी जाएगी...
अगर फिर भी हम आवाज उठाएंगे...
तो गलती से ट्रक से टकराएंगे...
इसीलिए अब हम सब...
इंसाफ नहीं मांगेंगे आवाज नहीं उठाएंगे...
अपने-अपने घरों में चुपचाप बैठ जाएंगे...

नम्रता राय

पिता : उग्रसेन राय

जन्मतिथि : 23 फ़रवरी 1998

शिक्षा : परास्नातक (कॉमर्स)

संप्रति : समाज सेविका के साथ अनेक पत्रिकाओं में प्रकाशित रचनायें

पता : गोरखपुर, उत्तर प्रदेश

ईमेल : avnisingh801@gmail.com

याद बहुत आती है

रिश्ते जब बड़े होते हैं
कुछ तो कमी आती हैं,
शादी जब होती है तो दुल्हन कहलाती है
रिश्ते जब बड़े होते हैं
पत्नी बन जाती है
बच्चा जब छोटा होता है
माँ कि याद बहुत आती है
और जब बड़ा होता है

तो माँ को भूल जाता है
रिश्ते जब बड़े होते हैं
तो कुछ तो कमी आती है,
बांधती है राखी जब वो कलाई पर
दुनिया भर की खुशियाँ झोली में समां जाती हैं
डोली उठते ही वो पराई बन जाती है
रिश्ते जब बड़े होते हैं
कुछ तो कमी आती है
जिसके सम्मान को बचाने कि कसम खायी जाती है
आज पैसे के लिए उसी कि इज्जत बेचीं जाती है
रिश्ते जब बड़े होते है कुछ तो कमी आती है,
जहाँ नारी दुर्गा समझी जाती है
वहीं बेटियाँ जन्म से पहले अपने माँ बाप के हाथों मारी जाती हैं
जिसका अस्तित्वं सवारने की बात करती है दुनिया
वही अपनों के लिए अपना अस्तित्व भूल जाती है
और अपनो के लिए सारे सपने भूल जाती है
कुछ तो कमी आती है
बचपन में आसमान छूने के सपने देखती है
रिश्ते जब बड़े होते है
कुछ तो कमी आती है।

ज़िन्दगी एक किताब है

ज़िन्दगी एक किताब है
जिसके हर पन्नें पर हर पल का हिसाब है

ख़ुशी है अगर तो
गम भी बेशुमार हैं

किसी पन्नें पर गम की दास्तान
तो किसी पर खुशियों की बहार है
किसी पर आँसू की कलम से लिखी कहानी
तो किसी पर मुस्कराहट की पंखुडियों की लिखावट जानी पहचानी

हर पल नयी उम्मीदों कि कहानी
कुछ अन्जान रिश्तों की खुशबू भी जानी पहचानी
कुछ अपनों के प्यार की कहानी है
कुछ उनकी यादों की आहट जानी पहचानी है....

एक प्रेम कहानी के कुछ किस्से
कुछ मिलने बिछड़ने के हिस्से
कुछ आँसूओं की दास्ताँ
कुछ मुस्कुराहटों कि जुबां....

मंजिलों को पाने की दास्तां
वो रास्तों की मुश्किलों की जुबां
कुछ कर जाने कि वो ललक
बिन नींदों के बेबस न झपकी वो पलक ...

खुशियों और गमों कि मिली हुई दास्ताँ
पढ़ा करते हैं ज़िन्दगी की ये किताब

जिसकी लिखावट जानी पहचानी है
कुछ उनकी यादों की आहत जानी पहचानी है।

क्यों किया ऐसा माँ ?

माँ क्यूँ किया तूने ऐसा
अपनी परछाई को मार डाला
क्यूँ माँ
मैं तो तेरी आत्मा थी न माँ
तेरी परछाई
मैं तो तेरी आत्मा थी न माँ
फिर क्यूँ माँ
अपने ही हाथों मार दिया मुझे
मैं जीना चाहती थी माँ
तेरे साथ तेरी परछाई बन के
इस दुनिया को महसूस करना चाहती थी
इस खुले आसमा को, इस हरी भरी धरती को
इस नीले गगन को महसूस करना चाहती थी माँ
आखिर तेरी मजबूरी क्या थी
बताओ न माँ ?
माँ मुझे मेरे जीने का हक दिया होता
माँ तू सुन रही है न
माँ मेरी प्यारी माँ ।।
मुझे भी जीने दिया होता
तेरा ही अंश हूँ मैं माँ
अपनी आँचल कि छाव में मुझे भी बढ़ने दिया होता।

शिवेश कुमार झा

पिता : श्री शैलेन्द्र झा

जन्मतिथि : 17 अगस्त 1998

शिक्षा : बी.टेक तृतीय सेमेस्टर

सम्प्रति : स्वतंत्र लेखन

साहित्यिक उपलब्धियाँ : विभिन्न साहित्यिक मंचों पर कविता पाठ, बचपन से लेखन में रुचि।

ईमेल : shiveshkrjha2015@gmail.com

पता : ग्रेटर नोयडा, उत्तर प्रदेश

गरीबों का बचपन

भरी दुपहरी में मैंने बादल को घिरते देखा,
सभी शहरों में मैंने बचपन को मरते देखा।

किताब वाले कोमल हाथों को काम करते देखा
भूख मिटाने के नाम पर उसे पानी पीते देखा।

खेलने की उम्र में उसके पास कोई भी खिलौना नहीं
फुटपाथ ही है बिस्तर उसका, सोने को बिछौना नहीं।

अपनी बेबसी को छिपाना उसे बखूबी ही आता है
वो भोला इतना है कि सबमें अपनापन पाता है।

उसके कोमल कंधों पर बैग के बदले ईटों मैंने को देखा
अनजाने में उसे अनेक सपनों का भारत बुनते देखा।

धर्म संप्रदाय का उसे कुछ अता-पता नहीं है
हिन्दू मुस्लिम में कभी न अन्तर करते देखा।

कभी किसी के लिए उसे बुरा न सोचते देखा है
ऐसे बचपन से ही अब्दुल कलाम को निकलते देखा।

नया वर्ष

वह आज भी खाली पेट सोया था फुटपाथ पर,
अचानक खूब पटाखे चले थे रात में
झूमते चिल्लाते नाचते लोगों को देखा तो हर्षाया
पास बैठी ठिठुरती माँ के पास कपकपाता आया
पूछता अपनी माँ से माँ क्या बात है, किसकी ये बारात है
माँ बोली बेटा आज साल की आखिरी रात है
और यह नए साल के जश्न की शुरुआत है

बेटा बोला माँ क्या होता है नया साल
माँ उसे दिलासा देती कहती हैं सो जा मेरे लाल
मैं भीख माँगती हूँ तू हर रोज़ रोता है
साल क्या हम जैसों की ज़िन्दगी में कुछ भी नया नहीं होता है।

माँ

बस माँ, मुझे रोटी के गान सुना दो।
पापा फिर आज निराश घर आए हैं
खाली हाथ वे घर लौट आए हैं
चूल्हे की आग बुझा दो
नींद आ जाएगी बस माँ,
मुझे रोटी के गान सुना दो।

खाली पेट के है हम बर्तन
होते रहते दिन रात यूँ ही ढ़न-मन
खाली तसली ढ़ोल बजा दो
बस माँ, मुझे रोटी के गान सुना दो।

तुम हो तो भूख की क्या औकात
माँ, रात तो यूँ ही चुटकी में कट जाएगी
मुझे परियों वाले किस्सों से बहला दो
बस माँ, मुझे रोटी के गान सुना दो।

माँ जो दोनों पहर खाते होंगे
क्या गीत वो खुशी के गाते होंगे
मुझे तो ये भूख अच्छी लगती है
बस माँ, मुझे रोटी के गान सुना दो।

छोड़ चिंता माँ, छोड़ ये रोना-धोना
बस तुम अपना अमर गान सुना दो
रात तो यूँ कट जाएगी
बस माँ, मुझे के रोटी गान सुना दो।

प्रेम

मैंने पाया है कुछ पुरुष को ऐसे
जो उत्सुक रहते हैं प्रेम में चुंबन के लिए
कुछ इसी तरह से
जैसे एक पुष्प सूरज की पहली किरण पर खिलने को आतुर रहता है
मैंने पाया है कुछ स्त्रियों को ऐसे
जो उत्सुक रहती है बाँहों में सिमटने के लिए
कुछ इसी तरह से
जैसे एक भँवरा कली के खिलने का एक पहर तक इंतजार करता है।

दीक्षा राय

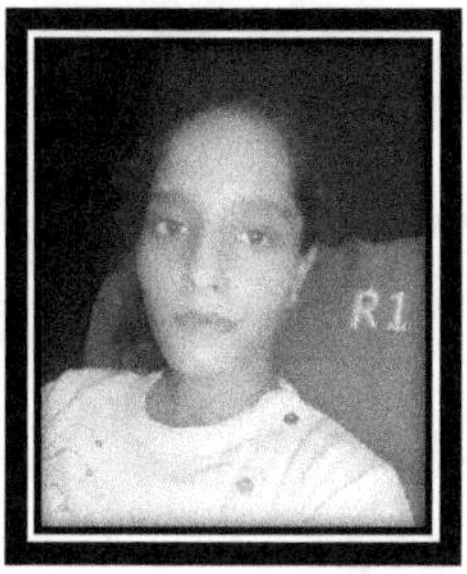

माता : श्रीमती बीना राय,

पिता : श्री देवशर्मा राय

जन्मतिथि : 24 अक्टूबर 1994

शिक्षा : एम.ए, बी.एड, नेट (हिन्दी)

प्रमाणपत्र : NSS सदस्य के रुप में विभिन्न मंचों पर काव्यपाठ

अन्य उपलब्धियाँ : काव्य लेखन व भाषण प्रतियोगिताओं में सहभागिता

पता : गोरखपुर, उत्तर प्रदेश।

इमेल : rairani2410@gmail.com

प्रेम की पवित्रता

मन मंदिर के दर्पण में
बस सजता रूप तुम्हारा,
दिल के हर तार-तार पर
बजता है संगीत तुम्हारा

जीवन के हर कदम-कदम पर
रहता है भान तुम्हारा
पर रिश्तों के बंधन में

हमको तुमको बाँधा,
पर तू निर्मोही निकला
मेरे प्यार को समझा न तू
मैंने टूट कर तुझको चाहा
पर मेरी चाह को समझा न तू
जो तुझको आजाद करें
विरह की मारी तेरी राधा।

गिरते आदर्श

सभ्यता और संस्कृति की
नींव हिल गयी
आदर्शों की दीवार
आज गिर गयी
अब गौरव विश्व गुरु का
मिटने ही वाला है
मुकुट हिमालय का
गिरने ही वाला है।

मानवता के रक्षक
भूल चुके मानवता
दिखे कहीं अबला लाचार
झपटें जैसे कुत्ता,

भूले अपने अंश को
अपने आत्म तत्त्व को
धरा का कलंक बनें
भेडियों सा कृत्य करें
देख जाति धर्म को
भाषा सम्प्रदाय को

दानवों सा कृत्य करे
खेले अंगार से
राग द्वेष कि आग से,

मानस के आदर्शों को
होम कर दिया
गीता के वचनों को दे दी तिलांजलि
अब गौरव विश्व गुरु का
मिटने ही वाला है।

मासूम की मायूसी

पूजा के फूलों सी कोमल
दीपक की ज्योति सी पावन
वो निर्मल गंगा की धारा थी
जीवन के इस सागर में
खुशियों भरा किनारा थी।

नन्ही प्यारी आँखों में
मीठे सपनें रखती थी
होंठो पर मुस्कान सजाये
नीरस में रस भरती थी
अपने कदमों की हलचल से
माँ का दामन भरती।

नन्ही सी उस जान से
तेरे अरमान से
नंगा नाच कराया है
उसके मीठे सपने को
नोच- नोच के खाया है
तेरी प्यारी रचना को
मानव ने बड़ा सताया है।

अरे विधाता तेरी शक्ति
तुझको आज चिढाती है
तेरी फूटी किस्मत पर
पशुता आज नचाती है।

लाल गुलाबी होंठो पर
तैर रही मायूसी

प्यारी – प्यारी आंखें
रहती दर्द में डूबीं
जो नटखट सी
चंचल गुड़ियाँ थी
साये से भी डरती थी
बंद अकेले कमरे में
घंटो रोती रहती थी।

खिलता कश्मीर

हिमगिरी के उत्तुंग शिखर का
काला धब्बा छूट गया
माँ की छाती छेद रहा
जो खंजर तीन सौ सत्तर का
आज उन्नीस में टूट गया।

खीरी माँ के मन्दिर में
फिर से रौनक लौटेगी,
डल झील की लहरों में
वेदों की वाणी गूंजेगी।

केसर घाटी महकेगी
खुशियाँ कश्मीर में लौटेंगी
अल्हड मस्त जवानी
अब कदम-कदम पर चहकेंगी।

रंजना राजीव श्रीवास्तव

जन्म : अक्टूबर (प्रयागराज)

भाषाज्ञान : हिन्दी, अंग्रेजी, संस्कृत, उर्दू, मराठी एवं भोजपुरी।

सम्प्रति : संस्कृत विभागाध्यक्ष एवं प्राथमिक प्रभारी के पद पर कार्यरत। "विदर्भ हिन्दी साहित्य सम्मेलन" के "अंतरंग" उपक्रम की सहसंयोजिका।

उपलब्धियाँ और सम्मान : शब्द सुगन्ध सम्मान, साहित्यकार स्वाभिमान सम्मान, शब्द कोविद सम्मान, अन्तरा शब्द शक्ति गौरव सम्मान।

प्रकाशन : गीली माटी (काव्य संग्रह), हाइकु मंथन (साझा), अंजुली रंग भरी (साझा काव्य संग्रह), शाकुन्तलम् (खण्ड काव्य), वनबाला शकुन्तला (नाट्यरंग), अन्तर्नाद (काव्य संग्रह)धुंध के पार (हाइकु : काव्य बोन्साई)

पता : C-1102, जयन्ती नगरी 5, बेसा, नागपुर-440034

ईमेल : srivastavaranjana9@gmail.com

स्मृति विस्मृति : शकुन्तला का अवबोध

मातपिता त्यक्त कन्या शकुन्तला कण्वऋषि पोषिता।
शकुन्तला नामकरण वनमृग शाकुंतों द्वारा प्रदत्ता।१।

नैसर्गिक सौन्दर्य प्रतिमूर्ति कानन कनकमय बाला।
मृगछौनों संग नैन मिलाकर तरुणी हो गई बाला।२।

करौंदों सी खट्टी है कच्ची इमली की फली है।
क्यारियों में बहती पानी सी गीली माटी की कली है।३।

केसरी वर्ण का माद है नभ से बरसी मदिरा जैसा।
चंचल चितवन आब है आषाढ़ की संध्या के जैसा।४।

अनुरागिनी कोमलांगीतरुणी वनशाकुंतों संग बोलती।
मदिराक्षी हरितपर्णों के मध्य श्यामनैनयुगल खोलती।५।

वन भ्रमण को आए राजा दुष्यन्त जिनका नाम।
देह सौष्ठव कामदेव सम विचरें सर्वत्र आश्रम धाम।६।

घूंघर वाले कृष्ण केश हैं दुग्ध धवल मुखदन्त हैं।
काली घटाओं में चमकते भास्कर सम दुष्यन्त हैं।७।

ऊँचा कद और चौड़ा सीना आजानुबाहु हैं सम्राट।
भ्रमर सी अनुगूंज लिए प्रविष्ट पुरुवंशी सम्राट।८।

कण्व ऋषि के आश्रम आकर पूछें ऋषि की बान।
अनुपस्थित थे कण्व ऋषि पुत्री करे सत्कार मान।९।

सौन्दर्य की प्रतिमूर्ति थी करुणामयी शाकुंत-वक्ता।
वन विचरणरत अतिथिदुष्यन्त पर हो गई आसक्ता।१०।

कुलांचे भरती शकुन्तला बंधी प्रणय की डोर।
नर -हरिण दुष्यन्त भी देखें नैनन की कोर।११।

प्रणय स्वीकृत हो गया कली का मुख चूमकर।
कपोल रंजित हो गए भारी पलकों को मूँदकर।१२।

भ्रमरकली का प्रणय बढ़ा साक्षी गन्धर्वविवाह प्रथा।
मृगों शाकुंतों ने आँखों देखी प्रेम विवाह की कथा।13।

कँवारे शान्त झरनों में रवानी उनके साथ की।
भूलकर हर संयम नियम थामी उंगलियाँ हाथ की।१४।

मन मयूर नर्तन कर उठा भ्रमर करे रसपान।
दो दिलों की एक धड़कन परिणय का सम्मान।१५।

भोर की वेला में राजा वादाकर चल दिए।
नव विवाहिता को छोड़कर राज्य अपने चल दिए।१६।

अश्रुपूरित दृग रुद्ध कण्ठ से महारानी करें विदाई।
पिता की अनुपस्थिति में पतिगृह जा न पाई।१७।

दुर्वासाऋषि आश्रम आए संग शिष्यों की टोली।
शून्य में टकटकी लगाए बैठी ऋषि सुता भोली।१८।

अंगारे फूटे रक्त नेत्र से बदला सद्विचार का भान।
क्रोधित महर्षि दुर्वासा ने माना अपना अपमान।१९।

बीत गया सपनों का सावन भादों आकर चला गया।
सूनसान रूखी राहों में पतझड़ का मौसम रह गया।२०।

मंगलाचरण मंगल वेला में पहुँची हस्तिनापुरनगरी।
अट्टालिकाओं से सुसज्जित धन-वैभव की पुरी।२१।

प्रणय का वर्णन किया निवेदित गन्धर्वविवाह प्रथा।
शापित थी ऋषि पुत्री दुष्यन्त बिसरे परिणय कथा।२२।

पतिगृह में उपेक्षिता दिखालाना चाहे राजसी मुद्रिका।
नियतिवश रिक्त थी अंगुली अदृश्य राजसी मुद्रिका।२3।

जलविहार में श्राप वश मुद्रिका गई फिसल।
तडाग में भीमकाय मत्स्य ने उसे लिया निगल।२४।

दरबार में मछुआरे ने जब राजसी मुद्रिका दिखलाई।
राजा को तत्काल ही विस्मृत शकुन्तला याद आई।२५।

तब निमन्त्रण पाकर इन्द्र का सहायतार्थ गए नरेश।
दृष्टिगत कश्यप आश्रम हुआ आकाश मार्ग देवेश।२६।

दुष्यन्त शकुन्तला का पूर्वमिलन कण्वऋषि के धाम।
पुनर्मिलन राजा रानी का कश्यप ऋषि के धाम।२७।

दुष्यन्त ने नतमस्तक होकर ऋषि को जोड़े हाथ।
आशीष में पुत्र भरत को माँगा व शकुन्तला का साथ।२८।

यत्रतत्र अनुकूल उद्धरण पात्रानुरूप उत्प्रेक्षा रंजना।
छन्दालंकार से सज्जित अभिव्यक्त भाव व्यञ्जना।२९।

नारी का दुख असह्य है शकुन्तला स्वभाव विदित।
सुख-दुःख में समभाव रहें यह संदेश निहित।3०।

अपमान भोगती नारी जब हो दुष्यन्त सी मनोवृत्ति।
प्यार जताया छोड़ दिया फिर परीक्षाओं की आवृत्ति।3१।

जन्म पश्चात ही त्यक्त थी कविराज की वनबाला।
आज अनाथ सा जीवन जीती हर पल एक सुरबाला।3२।

दुर्वासा जैसे महर्षि से भी अहं न संभाला जाए।
शकुन्तला को श्राप दिया पर दुर्गुण को हरा न पाए।33।

कभी कोख में मार दियाकभी दहेज में मारी जाए।
पर्दा तलाक व सती प्रथा में नारी ही सताई जाए।3४।

आवश्यक है आज समाज को स्त्री सम्मान पढ़ाना।
शिक्षा से दृष्टिकोण बदले उद्देश्य समत्व फैलाना।3५।

आदर्श समाज स्थापित होगा आदर्श हो यदि आधार।
काव्य कथा से सान चढेगी स्त्री विमर्श की धार।3६।

रचना शाही

पिता : अशोक कुमार शाही

माता : पुष्पा शाही

जन्मतिथि : 16 अक्टूबर 2000

शिक्षा : स्नातक (कॉमर्स)अध्ययनरत

साहित्यिक एवं अन्य उपलब्धियाँ : साहित्य से बेहद लगाव है। मुख्यतः परिवार, समाज, महिला जागरूकता पर कविता लेखन, ये अपनी कविता अपनी माँ और पिता जी को समर्पित करती हैं। समाज सेविका भी हैं। शैक्षिक संस्थानों द्वारा कई बार सम्मानित।

पता : गोरखपुर, उत्तर प्रदेश-273001

ईमेल : avibhai8400@gmail.com

मेरी प्यारी माँ

माँ तुमने आज मेरी एक इच्छा पूरी कर दी,
मेरे दर्द को समझ मेरी गलती माफ़ कर दी।
कैसे तुम्हारा शुक्रिया अदा करूँ मैं माँ,
दिए हुए हर प्यार को कैसे बया करूँ मैं माँ।
मैं इकलौती हूँ तुमने कभी न महसूस कराया,
हर पल मुझे माँ तुमने सीने से है लगाया।
सैकड़ों गलती की हैं मैंने, दुनिया ने बदनाम किया,
औरों की बातें अनसुनी कर मेरी बातों का सम्मान किया।
मेरे साथ तुम खड़ी रहीं, जब मुझपर इल्जाम लगे थे,
सब साथ छोड़ दिए तुम उस वक़्त भी साथ रही थीं।
गलती का इल्ज़ाम क्यों सही इंसान पर लगता है,
औरों की गलती की सजा फिर मुझे ही क्यों मिलता है।
मुझे कितनी तकलीफ मिलती क्या कभी ऐसा सोचा है,
बेवजह मुझे रुला के समाज को न जाने क्या मिलता है।
भाई-बहन के रिश्तों को भी नहीं छोड़ती है ये दुनिया,
तार-तार कर इस रिश्ते को खुश हो जाती है ये दुनिया।
आखिर कब तक लड़की पर ऐसा ये अत्याचार होगा,
लड़की मर भी जाये तब भी नहीं कोई परिवर्तन होगा।

दुःख के रास्ते

हर मोड़ पर लोग क्यों गलत ठहराते हैं,
देके दिलासा लोग साथ क्यों छोड़ जाते हैं।
हर मोड़ पर लोग क्यों धोखेबाज कहते हैं,
कहके अपना फिर मतलबी क्यों बन जाते हैं।
आखिर यहीं की, मैं एक लड़की हूँ
इसलिए तुम सब गलत ठहराते हो।
लड़की की जिन्दगी जीना आसान नहीं,
उसकी इज्जत की किसी को कोई परवाह नहीं।
हर मोड़ पर उसपर गलत इल्जाम लगाते चलेंगे,
उसे नीचा दिखाने के लिये हर काम करेंगे।
लड़की की वजह से यह दुनिया चलती है
लड़की न हो तो धरती भी नर्क बनती है।
कभी तो तुम उसके दर्द को समझों,
उसे प्यार देके, उसकी ख्वाइशों को समझो।
मेरा क्या है मैं तो तुम्हारें दुःख-दर्द को सहूँगी,
फिर भी तुम्हें कभी कुछ नहीं कहूँगी।

मेरा पहला प्यार

हाँ, ये बिलकुल ही सच बात है,
मेरा पहला प्यार मेरे पापा है।
जिनकी हर एक बात में प्यार है,
उनसे ही प्यार का इजहार है।
लड़की के हीरो उसके पापा होते हैं,
मेरे पापा तो दुनिया के हीरो हैं।
हर मुश्किलों में मेरा साथ दिया है उन्होंने,
हर इच्छा को मेरी पूरी किया है उन्होंने।
मुझे काबिल बनाने का सपना देखा है,
इसलिए उन्होंने दिन के उजालों को बेचा है।
पापा की परी हूँ उनका सपना पूरा करूँगी,
मैं दिन-रात एक करके अब मैं पढूंगी।
पापा की गोद में खेलकर मैं पली बढ़ी हूँ,
फिर भी सब कहते की तुम पराई हो, ।
पापा मुझे आज गले लगा के रोना है,
मुझे अपनों को कभी भी नहीं खोना है।
बेटी कितना भी दूर क्यों न चली जाती है
पर अपने पापा से कभी नहीं दूर हो पाती है।

अमरेंद्र विश्वकर्मा (फ़िरदौस)

पिता : हौशिला विश्वकर्मा

जन्म तिथि 05 नवम्बर 2000

शिक्षा : बारहवीं उत्तीर्ण

सम्प्रति : स्वतन्त्र लेखन

साहित्यिक उपलब्धियाँ : साहित्यिक विधा श्रृंगार रस के कवि, विभिन्न पत्र पत्रिकाओं में प्रकाशित कविताएं तथा "अलकनंदा" नामक साझा काव्य संकलन में प्रकाशित रचनायें। बचपन से लिखने की अभिलाषा से साहित्य में जुड़ाव हो गया।

पता : देवरिया, उत्तर प्रदेश-273402

ईमेल : kumaramrendra330@gmail.com

मृगतृष्णा

इश्क़ के पतझड़ में जो गए,
तो टूट जाओगे, ,
सुनो, उसकी आँखों में न देखो,
नशे में डूब जाओगे...

चाँद से चेहरे पर,
सूर्य सी लाली है,
सुनो, होठों को न देखो,
नशे में डूब जाओगे...

डगमगाएंगें कदम,
वो गर सड़क पर चले जो,
गौर से ना देखो,
सफर को भूल जाओगे,
तुम नशे में डूब जाओगे...

जो इतनी नजर में रखोगे,
यकीनन पागल हो जाओगे,
सुनो, तुम उसकी नज़रों में न देखो,
नशे में डूब जाओगे...

ग़रीबी

छू रही है सूर्य की किरणें,
जल रहा है तन उसका,
बारिश की बूँदों के डर से,
भीग रहा है मन उसका,
सर्दी की ये ठण्डी हवाएं,
गर्मी की दोपहरी आँच,
बिजली गिरने की आशंका में,
कैसे बचेगा छगन उसका,
दो जून की भी रोटी मिलती नहीं,
मगर तुम काम में देखो मगन उसको,
सब करते अनादर बारम्बार,
तुम गौर से देखो ईमान उसका....

मैं हर वक़्त को

इस खूबसूरत जहाँ में खुशियों की पनाह चाहता हूँ,
मैं हर वक़्त को एक लम्हें में जीना चाहता हूँ,
कहते हैं मुस्कुराहटें दर्द को साथ लाती हैं,
ठहरा हो वक़्त ऐसे, सबके दिलों में मैं बसना चाहता हूँ,
मोहब्बत की हर डगर पर भरे हैं काँटें मगर,
मैं बेपरवाह इन रास्तों पर चलना चाहता हूँ,
मैं हर वक़्त को ....

हर रोज़ मैं खुदा से इबादत करता था,
दिल की दुआओं का असर तेजी से होता है,
मैं भटकता रहा राहों में मुसाफिर की तरह,
एक अनजान के लिए फ़िरदौस खुद को पागल समझता है,
इश्क़, मोहब्बत जैसे इल्जाम लगाना चाहता हूँ,
मैं हर वक़्त को....

जमाना मुजरिम मानता है मोहब्बत के फकीरों को,
इश्क़ की गुस्ताखी मैं फिर भी चाहता हूँ,
मोहब्बत के हर कदम पर ठोकरें मिली हैं,
मैं उस ज़ख्म को प्यार से फिर कुरेदना चाहता हूँ,
इक चाँद की हंसी खातिर बिखर जाना चाहता हूँ,
मैं हर वक्त को....

और फिर एक दफा बड़े अदब से उनका हाल पूछना चाहता हूँ,
इस खूबसूरत जहाँ में खुशियों की पनाह चाहता हूँ,
मैं हर वक़्त को एक लम्हें में जीना चाहता हूँ...

साहिल श्रीवास्तव

पिता : सुधीर श्रीवास्तव

माता : रागिनी श्रीवास्तव

जन्मतिथि : 21 अप्रैल 2000

शिक्षा : बी.सी.ए अध्यनरत

अन्य गतिविधियाँ : कविता लिखना, बास्केटबाल खेलना, फोटोग्राफी का शौक़

पता : 1269/13, भूजौली कॉलोनी, देवरिया

ईमेल : sahil9648494221@gmail.com

ये नादान दिल

कुदरत का कैसा करिश्मा था जिसने आपको बनाया,
सबको छोड़ बस आप पर ही ध्यान दिया,
बनाया भी तो उस चाँद की तरह,
जिसके साथ रहने का हक़ भी सितारे को दिया,
चाहत तो बहुतों ने की आप जैसे चाँद के साथ रहने की,
मगर बस हमें ही आपका सितारा बनाया

लोगों ने तो बहुत टोका,
मत कर इतनी आशिक़ी,
पर ये दिल ही था इतना पागल,
जिसे कुछ मंजूर न था,
कर गए इतनी आशिक़ी,
फिर न सुनी खुद की भी,
न लगा फिर मन किताबों में,
और न क्लासों में,
बस एक ख़यालों की दुनिया सी बन गई थीं तुम,
जिसे एक किताब सा बना बैठा था मेरा दिल।

ख्वाबों का आशियाना

ये तूने क्या से क्या कर दिया है,
बिन तेरे ये रात भी सूनी है,
बिन तेरे ये रोशनी भी अंधेरी है,
बिन तेरे ये जहाँ सुना है,
बिन तेरे तो लक्ष्य भी अधूरा है,
बनाया मैंने सितारों का शहर था अपना,
जो तूने अब कब्रिस्तान सा बना दिया है,
चाहत थी एक ज़िन्दगी तेरे संग जीने की,
ये ख्वाब भी तूने राख कर दिए हैं,
दिन भी तूने मेरे आधे कर दिए हैं
रात तो जैसे गायब सी हो चुकी,
मनाऊ कैसे मैं तुझे ये खुद भी नहीं जानता हूँ,

जी रहा हूँ बस खुद को दिलासा दे कर,
की तू कभी तो समझ पाएगी,
और वापस मेरे संग आशियां बनाएगी
मेरे साथ...मेरे साथ...मेरे साथ..

वक्त

वक्त कुछ ऐसा रूठ सा गया,
हमसे कुछ ऐसा खफा सा हो गया,
मेरी मुस्कान मुझसे ही छीन गया,
क्या थी खता की जो ऐसा कर गया,
जीने के सहारे बस यादें छोड़ गया,
कुछ तस्वीरों में उनकी बनावट छोड़ गया,
आज कुछ ऐसा लम्हा आ गया,
उनकी बातों पर आँसू दे गया,
इतना चाहा फिर ये क्या हो गया,
वक्त मुझे मुसाफिर सा छोड़ गया...

याद तो आएगी

तकिए पे सर रखे उनकी आस मे बैठे थे हम,
कि अब उनकी आँख खुलेगीं,
दो पल की याद तो उन्हें भी आएगी,
दो सेकंड के लिए फोन तो उठाएगी,
दो मिनट के लिए बात तो करेगी,

दो पल का एहसास तो दिलाएगी,
नए साल की राह पर,
कुछ खास पल तो लाएगी,
पर फिर पत्थर रख कर दिल पर,
उनकी यादों के खयालों में फिर खो गए हम,
कब आँख लगेगी सोच रहे थे,
तब ही उनकी तस्वीर आ बनी आँखों में,
फिर हल्की सी मुस्कान आयी चेहरे पर,
और दिल ने कहा कि आस रख, वो फिर कल आएगी।

मेरी जिंदगी

बता दिया जिंदगी ने ये मुझे,
वो मेरी जिंदगी में कहीं न थी,
फिर भी वो ही मेरी जिंदगी थी,
सिर्फ मैं ही उसके लिए पागल था,
मैं तो उसकी जिंदगी में ही न था,
वो तो बस उस आसमान के सितारे की तरह थी,
जो टूट के गुमशुदा हो गया,
क्या पता अब जिंदगी किधर रुख करेगी,
क्या जाने किसकी किस्मत में होगी मेरी अधूरी जिंदगी,
क्या जाने अब किससे मेरी लकीरें जा मिलेंगी.....

पंक्तियाँ

सूखे पात गिरें तो क्या, उग आएंगे नव-पल्लव,
नव उषा के संग पुनः, गूँज उठेगा नव-कलरव।

"नीलम सौरभ"

सब का लगाया नव-पल्लव,
नव-भावों से पल्लवित हुआ।

"गोमती सिंह"

करके एक एक अंकुर का आंकलन,
हुआ तैयार नव पल्लव संकलन।

"श्वेता मिश्रा"

नव पल्लव ही होते हैं,उपवन की नव आशा।
कोमल भावों के नव पल्लव करते दूर निराशा।

"कहकशां"

भावों, शब्दों, छन्दों को बांधे सुंदर एक रिबन है,
नव प्रयास से खिला हुआ नव पल्लव नव जीवन है।

"दीक्षा राय"

बीज बो दिया जब धरती में, अंकुरित हुआ नव पल्लव
इक दिन छाँव देगा सभी को, पंछियों का होगा कलरव।

"संगीता गोयल"

जीना है तो उन पत्तों की तरह जिओ,
जो हर बार जमीन पर इधर से उधर चोट खाते
हुए भी भारी तूफान में अपनी ऊंची उड़ान भरते हैं।

"रचना शाही"

आज सींच लो अंकुर को कल
द्रुम दल फल प्रफुलित होंगे।
ऋतु बदलेगी,आशाओं के,
नव पल्लव कुसुमित होंगें।

"डी.पी सिंह"

देखों आज बीज से हुआ विशाल वृक्ष का निर्माण
नव पल्लव से हुआ रचनाकारों का सपना साकार।

"शाश्वत चन्द कौशिक"

उठो, कर दो खबर चाँद और सूरज से हम फिर आयेंगे
रेत हुआ तो क्या हम उस पर भी नव पल्लव उगायेंगे।

"शिवेश कुमार झा"

www.ingramcontent.com/pod-product-compliance
Lightning Source LLC
LaVergne TN
LVHW051021051026
849532LV00004BA/1308
* 9 7 8 9 3 8 8 3 6 5 6 2 8 *